내 마음을
만나는 시간

내 마음을 만나는 시간

유아교육 40년, 일과 마음 사이에서 배우는 삶

초 판 1쇄 2025년 05월 08일

지은이 김혜련
펴낸이 류종렬

펴낸곳 미다스북스
본부장 임종익
편집장 이다경, 김가영
디자인 윤가희, 임인영
책임진행 이예나, 김요섭, 안채원, 김은진, 장민주

등록 2001년 3월 21일 제2001-000040호
주소 서울시 마포구 양화로 133 서교타워 711호
전화 02) 322-7802~3
팩스 02) 6007-1845
블로그 http://blog.naver.com/midasbooks
전자주소 midasbooks@hanmail.net
페이스북 https://www.facebook.com/midasbooks425
인스타그램 https://www.instagram.com/midasbooks

ⓒ 김혜련, 미다스북스 2025, *Printed in Korea*.

ISBN 979-11-7355-223-6 03810

값 17,500원

🏃 미다스북스는 다음세대에게 필요한 지혜와 교양을 생각합니다.

유아교육 40년, 일과 마음 사이에서 배우는 삶

내 마음을
만나는 시간

김혜련 지음

미다스북스

추천사

리더 한 사람의 탁월함만으로는 조직이 움직이지 않는 시대입니다. 이제 일은 사람의 마음을 모아서 몰입하게 만드는 소통 능력입니다. 결국 내 마음을 알아야 나를 움직일 수 있고, 상대의 마음을 알아야 상대를 움직일 수 있습니다. 인공지능으로도 대체 불가능한 것은 사람의 마음일 것입니다. 삶의 본질은 결국 '마음을 어떻게 다루느냐'에 달려 있습니다.

『내 마음을 만나는 시간』은 유아교육이라는 현장을 넘어, '어떻게 일하고, 어떻게 나 자신으로 살아갈 것인가'라는 질문들 사이에서 배우면서 살아온 시간을 풀어냅니다. 단순한 에세이가 아닌, 유아교육이라는 한길을 40년 넘게 묵묵히 걸어온 한 권의 교과서 같은 책입니다.

김혜련 원장은 마음과 성장, 기록과 관계 속에서 자신을 만납니다. 당신이 살아온 모든 시간이, 내면을 돌아보는 교육자로서 진심이 담긴 길이었음을 보여주고 있습니다. 매일 반복되는 일상에서도 '내 마음을 바라보는 시간'을 글로 쓰며 만났습니다.

　전문 코치이기도 한 그는 교육 현장에서 늘 배우는 삶을 살아왔습니다. 더 좋은 교육을 위해, 더 깊은 성찰을 위해 자신을 끊임없이 돌아보며 성장해왔습니다. 이러한 과정은 후배들에게 길잡이가 되고, 동료들에게는 용기를 주며, 독자에게는 잔잔한 감동을 선사합니다.

　『내 마음을 만나는 시간』은 따뜻한 위로이자 조용한 격려입니다. 이 책을 읽고 나면, 내 마음을 돌보는 일이 결국 내 주변을 살리는 일이라는 걸 알게 됩니다. 이 책이 그러한 역할을 하게 될 것이라 확신합니다.

김상임
블루밍경영연구소 대표, 국제코칭연맹 MCC 코치

어떻게 하면 사람의 마음을 얻을 수 있을까?

"친구야, 내 아이 한두 명 돌보기도 쉽지 않은데 어려운 일을 시작했구나. 나는 네가 유치원을 운영하면서, 사람의 마음을 얻을 수 있는 그런 원장이 되었으면 좋겠다."

유치원을 개원하던 날 친구가 내게 건넨 말이다.

그녀는 지금 이 세상에 없지만, 진심 어린 목소리는 여전히 내 가슴속에 남아 있다.

세상에서 가장 먼 거리는 머리와 가슴 사이에 있는 마음이라 한다. 불과 30cm밖에 되지 않는 거리지만, 마음으로 가는 길은 평생이 걸릴 수도 있다. 그만큼 누군가의 마음을 얻는다는 건 쉽지 않은 일이다.

유아교육을 40여 년 하며 살아왔다.

아이들의 웃음과 울음을 함께했고, 부모의 기대와 교사의 애씀을 가까이에서 지켜보았다. 늘 곁에 있었지만, 정작 그들과 나의 마음을 깊이 들여다보는 일에는 서툴렀다.

일과 관계 속에서 감정이 앞서다 보면 판단력이 흐려진다. 감정을 다스리지 못하면 오히려 관계를 어렵게 만들고, 마음도 지쳐 버렸다.

바쁜 하루를 살아 내며 정작 나의 감정은 뒷전으로 밀려나 있었다.

마음을 내려놓고 바라볼 수 있을까?

"나는 지금 어떤 마음인가?"

"내 마음과 다른 사람의 마음을 제대로 이해하고 있는가?"

"감정을 어떻게 받아들이고, 표현할 수 있을까?"

이 고민은 마음을 들여다보는 시간이었다.

마음을 돌볼 여유가 필요했다. 삶을 다시 바라보며 글쓰기를 만났다. 글을 쓰면서 그동안 외면했던 감정이 하나둘 드러났다. 그렇게 내 마음과 마주할 수 있었다.

『내 마음을 만나는 시간』은 아이를 바라보는 마음, 교사를 이해하려는 마음, 부모의 불안을 끌어안는 마음, 그리고 나 자신을 찾으려는 마음을 담았다.

사립과 공립유치원 교사로 시작해 대학 강단에서 예비 교사를 가르쳤다. 유치원 원장으로 아이와 교사, 학부모를 만났다.

예비 교사라면 이 책은, 앞으로 마주할 교육 현실 속에서 자기 마음을 먼저 돌보는 일이 왜 중요한지를 깨닫게 될 것이다. 현장에 있는 교사라면 지금의 감정과 고민이 결코 혼자만의 것이 아니라는 위로와 공감을 얻을 것이다. 교육 리더로서 성장하고자 한다면 관계 속에서 마음을 다스리고, 팀을 이끌어가는 방향을 찾게 될 것이다.

누군가를 돌보고 누군가를 이끌며, 자신의 마음을 잠시 잊고 살아가는 모든 이들에게 전하는 이야기다.

책을 쓰면서 지나온 길을 따라 걸었다. 그 길에는 '성공'이나 '성과'도 있었다. 아이들의 변화는 그 어떤 성과보다 오래도록 마음에 남는 감동이었다. 작고 더딘 변화일지라도 그것이 교육의 보람이라 믿었다.

교사, 부모, 원장도 완벽한 사람이 아니라 성장하는 사람이다. 교육은 변화를 이끌고 그 변화는 마음에서 시작된다.

사람이 느끼는 감정은 결코 혼자만의 것이 아니다. 마음을 들여다보고 자신에게 솔직해지는 시간. 그 과정이 쉽지만은 않다. 하지만 그 과정 끝에는 분명 더 따뜻한 '나'가 기다리고 있을 것이다. 이 책은 교육 이야기이면서도 사람과 마음에 관한 이야기다.

그 한걸음의 시작

『내 마음을 만나는 시간』을 단순히 유아교육에 몸담은 한 사람의 회고록으로 읽히지 않기를 바란다. 이 책은 유아 교사, 원장으로 살아가는 사람들. 아이를 키우는 부모, 삶의 방향을 고민하는 이들에게도 '마음의 언어'로 다가갔으면 한다. 어느 순간 멈춰서서 "나는 지금 어떤 마음으로 이 일을 하고 있는가?", "내가 만나는 사람들과의 관계는 어떤가?"라는 질문을 던지게 하면 좋겠다.

책 속에는 일상의 이야기가 있고, 흔들림 속에서 찾아낸 마음의 조각들이 있다. '아, 나만 그런 게 아니었구나' 하고 힘낼 수 있기를 바란다. 마음은 어디론가 이어져 있다. 글을 쓰는 순간마다 그 마음은 지금 이 자리에 닿게 했다.

책을 읽는 시간이, 여러분의 마음도 잠시 들여다보는 쉼이 되길 바란다. 그 마음이, 지금 어디쯤 있는지를 찾게 된다면 더없이 고맙겠다.

마음에서 시작된 모든 이야기를, 지금 당신에게 건넨다.

2025년 4월

무지개 뜰에서 효당 김혜련

내 마음을 만나는 시간

목 차

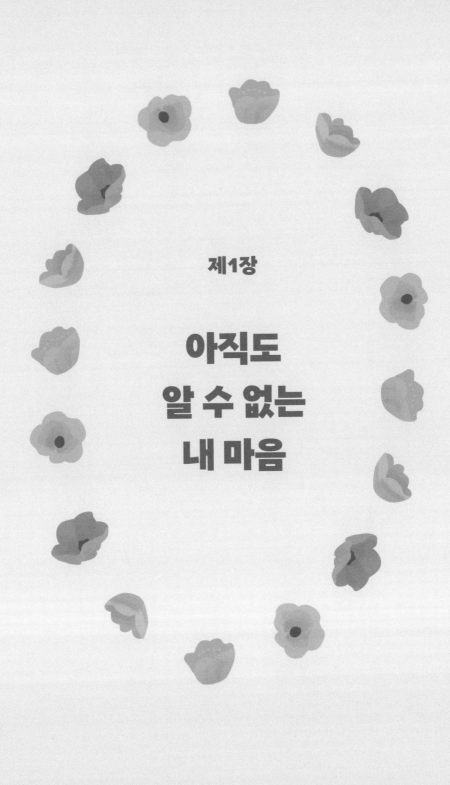

제1장

아직도
알 수 없는
내 마음

1.

내 마음에 가시가 돋을 때

'나의 마음을 이해할 수 있을까?' 그 질문을 '너의 마음을 이해할 수 있겠어!'로 바꿨다면 우리는 조금 더 따뜻하게 서로를 바라볼 수 있었을까?

문제의 발단은 학기 초에 일어났다. 통학버스 하원 시간, 다섯 살 우찬이가 한 코스 전에 내린 일이 생겼다. 비 오는 날 마중 나온 학부모의 우산과 사람이 뒤엉켜 복잡했다. 그 틈새에 다섯 살 남자아이가 혼자 내리는 것을 확인하지 못하였다. 다음 코스에서 뒤늦게 알아차린 교사는 빗속을 달려 아이를 업고 뛰어왔다. 버스 구간이 짧았기에 가능한 일이었다. 재빨리 수습하였지만, 엄마의 충격은 컸다. 입학한 지 얼마나 되었다고 다섯 살 어린아이를 확인도 하지 않고 버스에서 혼자 내리게 했느냐며 원망하였다.

그날 저녁, 하원 지도 교사와 담임과 함께 집으로 찾아갔다. 현관문은 닫혀 있었고, 어렵게 아버지와 대화할 수 있었다.

"그래도 아이가 무사해서 얼마나 감사한지 모르겠습니다. 앞으로 이런 일이 다시는 생기지 않도록 잘 준비해 주시길 부탁드립니다. 그 이후에 다시 이야기 나누면 좋겠습니다."

아버지의 말 한마디마다 책임의 무게를 느꼈다.

비 내리는 늦은 밤, 우찬이 집에서 유치원으로 돌아오는 발걸음은 무거웠다. 며칠 뒤, 우찬이 아버지와 면담하였다. 유치원 교사의 고충을 이해하여 주었다. 우찬이 어머니와도 감정을 가라앉히고 마주할 수 있었다. 버스 안전 지도 매뉴얼을 재정비하고 전체 교사와 아이들에게 안전교육을 강화하였다. 긴장으로 시작하는 신학기였다.

이런 상황에서 마음을 불편하게 만든 문제는 따로 있었다. 우찬이 담임은 "본인 잘못도 아닌데 왜 함께 가서 사과해야 하느냐"고 속상한 마음을 내비쳤다. 하원 지도 교사가 따로 있는데, 항의 전화는 자신이 받았다는 사실이 불공평하다고 했다. 올해 우리 유치원에 새로 임용된 신규 교사이지만, 경력으로는 3년 차였다.

나는 잘잘못을 따지는 것보다 우리 반 아이에게 생긴 일임을 강조했다. 반을 맡은 교사로서 책임을 나누는 자세가 필요하다고 말했다. 한 기관에서 함께 일한다는 것은 결과 또한 공동으로 감당해야 하는, 연대책임이 따른다는 의미이기도 하였다.

그 말이 나로선 당연했지만 상대에게는 불편한 충고처럼 들렸을지도 모른다. 듣는 이의 마음이 열려 있지 않으면 잔소리로 여겨질 수 있다.

대화는 수직적인 방식보다, '왜 그래야 하는지'에 대한 설명과 공감이 우선이었다. 그날 나는 경험을 앞세워 말하고 있었던 건 아닐까. 내 말이 진심에서 비롯된 것임에도 불구하고, 그 진심이 전달되지 않을 수 있다는 사실이 마음에 남았다. 과거의 방식이 익숙한 나와, 새로운 시대의 감수성을 지닌 90년생 교사들 사이의 틈을 어떻게 좁혀야 할지 고민이 깊어졌다.

그 일 이후 보이지 않는 감정 소모 시간이 시작되었다. 버스 하원 지도는 근속 교사였다. 신규 임용 교사 여섯 명과 근속하고 있는 교사 다섯 명이 감정의 선을 그으며 편을 갈랐다. 근속 교사의 일로 전체가 불편한 소리를 듣는다며 신규 교사들은 마음의 문을 닫고 철저하게 단결했다. 근속 교사들은 그런 신규 교사들의 태도를 불편하게 느꼈다. 근속 교사와 말도 섞지 않았다. 경계를 지어 버린 그들 틈에서 처음 겪는 일이라 당황스러웠다. 어찌나 단단한 벽을 세우는지 다가갈 틈이 보이지 않았다. 자연스레 끼리끼리 모이는 모습을 보며 마음이 씁쓸해졌다. 근속 교사 역시 물 위의 기름처럼 겉도는 신규 교사에게 쉽게 다가가지 않았다. 서로 감정을 건드리지 않으려 애써 거리를 두는 듯했다.

마음속에 가시가 돋기 시작했다. 이걸 뽑아야 할지, 아니면 곪아 터질 때까지 그대로 둬야 할지, 마치 살얼음을 딛고 서 있는 기분이었다. 교사의 단결과 화합이 자랑스럽던 유치원이 어쩌다 이렇게 되었나. 나아질 기미조차 보이지 않았다.

감정에 휘둘리지 않으려던 내 행동이 오히려 근속 교사를 두둔한다는 오해로 돌아왔다. 그 순간, '혹시 단체로 퇴사라도 하면 어쩌나?' 하는 생각에 아찔해졌다. 마음을 내려놓기로 했다. 1:1 면담도 해 보았지만, 단단하게 굳은 마음은 쉽게 풀리지 않았다. 깨어진 마음 조각을 다시 맞추기 어려웠다.

나는 내 탓이라 생각하면서도, 마음 한쪽에서는 여전히 남 탓을 하고 있었다. 사람과 사람 사이에서 살아간다는 건 마음을 나누는 일이라는데 돋아난 마음의 가시를 감추기에만 바빴다. 마음은 내 것이지만 내 뜻대로 되지 않는 것이기도 했다.

아이들은 내 마음을 다시 붙잡게 했다. 교사의 감정이 수업에 영향을 미치지 않도록 하루하루 일과를 살폈다. 교사들 역시 교실 안에서는 아이들에게 최선을 다하고 책임감 있게 마주했다. 수업 외의 업무나 서류, 행사 준비에서도 서로를 의식하며 성실하게 참여했다. 그 노력은 지금도 고마운 기억으로 남아 있다.

다음 해, 신규 교사 여섯 명 모두는 유치원을 떠났다. 다양한 이유가 있었지만, 탓하지 않기로 했다. 지금 내가 할 수 있는 일에 집중하였다.

누구도 마음을 숫자로 잴 수는 없다. 측정할 수 없는 마음을 안고 살아간다. 열 길 물속은 알아도 한 길 사람 속은 모른다고 하지 않는가.

살면서 수많은 '가시'를 마주한다. 어떤 가시는 나를 찌르고, 어떤 가시는 다른 사람을 아프게 한다. 하지만 그 가시를 키울지, 잘라낼지는 내가 선택할 수 있다.

2.

마음도 소독이 되나요?

모래 소독을 한다. 오후 2시쯤, 트럭에 커다란 장비를 싣고 아저씨 세 명이 왔다. 유치원 놀이터 전문 소독업체다. 처음 보는 기계들이 마당 가득 채워졌다. 계약 후 처음 소독하는 날이라 끝까지 지켜보았다. 먼저 모래를 기계로 뒤집는다. 보물찾기처럼 장난감이 세상 밖으로 나온다. 아이들이 놀면서 묻어 두었으리라. 모래 더미 속에 움츠리고 숨어 있다가 햇빛을 받는다. 모래가 뒤집힐 때마다 흥미롭다. 숨바꼭질 같은 재미를 느낀다. 발견하지 못하도록 숨겨 둔 비밀이 세상 구경을 한다.

플라스틱 곤충모형, 미니 자동차, 숟가락, 호두, 머리 방울, 블록까지 다양하다. 모래 더미에서 나온 물건을 놀이 상자에 넣었다. 내일 아침, 아이들의 표정이 기대된다.

다음은 커다란 스팀 기계로 열소독을 한다. 소음을 내며 증기를 내뿜는다. 미끄럼틀 작은 공간 아래까지 큰 기계가 소독하기 쉽지 않다. 큰 곳만

몇 바퀴 돌고 기계가 멈추는가 했더니 네모난 작은 스팀 기계가 등장한다. 큰 기계가 못다 한 구석구석을 작은 증기 기구로 소독한다. 참 잘한다. 기계도 잘 갖추어져 있다. 소독하는 모습을 지켜보는 내 마음도 구석구석 꼼꼼하게 닦아 내는 기분이다.

모래 속 유해 세균과 기생충을 살균해 준다. 굳은 모래를 부드럽게 만들어 준다. 곰팡이와 세균 서식을 예방한다. 모래 속 찌꺼기나 동물의 배설물을 걸러주어 아이들에게 위생적이고 안전한 환경을 만들어 주고 있다.

이번에는 쇠스랑으로 모래를 넓게 폈다.

털털이 기계가 모래 속 나뭇잎과 작은 돌멩이를 다시 걸러낸다.

소독 작업이 진행되는 동안 내 마음도 정리하는 기분이 들었다. 모래 속의 찌꺼기를 걸러내고 구석구석 열소독 하듯, 내 안의 부정적인 감정과 앙금을 털털이 기계처럼 툭툭 털어 내고 싶었다.

시간이 지날수록 유치원 놀이터는 깨끗해졌다. 한층 정돈된 모습이었다. 모래뿐만 아니라 놀이 기구까지 꼼꼼히 소독하는 모습에서 역할 분담이 체계적으로 이루어지고 있음을 알 수 있었다.

작업자들은 익숙한 손길로 기계를 다루었다. 그들의 움직임은 거침이 없었다. 일의 순서와 방법, 도구를 다루는 기술까지 모두 전문가답다는 생각이 들었다.

그 모습을 바라보며 나에게 물었다.

나는 과연 유아교육의 전문가일까?

오늘 아침, 엄마와 떨어지기 싫어 유치원 앞에서 울부짖는 다섯 살 하영이가 떠올랐다.

"엄마 따라갈래.", "유치원 싫어."

주말 지나고 오면 더 심하다. 그 작고 여린 마음에 무엇이 숨겨져 있었을까? 우는 아이를 떼어 놓고 급하게 출근해야 하는 엄마 마음은 얼마나 아프고 무거울까?

하영이를 꼭 안아 주었다. 안아 준 것만으로 아이의 마음이 펴졌을까? 하영이의 작은 마음속에 어떤 감정이 자리하고 있었을까?

담임은 하영이를 건네 안으며 등을 토닥였다.

"엄마가 회사 갔다 올 동안 친구들이랑 재미있게 놀자.", "엄마가 데리러 올 때 뭘 하고 놀았는지 이야기 들려줄까?", "오늘 요리 활동하는데?"라며 어르고 달래 교실로 들어갔다.

아이들의 마음을 100% 이해하고 있다고 자신할 수 없다. 모래를 소독하는 전문가처럼 완벽한 기술을 익혔다고 말할 수도 없다. '전문가'라는 단어가 낯설게 느껴지는 순간이다. 아이들을 돌보고 교육하는 일은 기계적인 과정이 아니다. 변수가 많고, 아이마다 다르며 순간순간 반응해야 하는 일이다. 어쩌면 나는 평생을 배워 가야 하는 유아교육의 '길 위에 있는 사람'일지도 모른다.

마음은 흙과 같다. 마음 밭에서 돌과 자갈을 골라내듯 마음을 알아차리고 관리하는 힘을 기르고 싶다.

평정심이 흔들리지 않는 고요한 마음이라면 평상심은 우리의 일상적인 마음을 의미한다. 평상심이 평정의 상태가 되도록 생각의 중심을 잘 잡아가는 일상이 필요하다.

유치원을 운영하다 보면 마음 관리와 평정심을 유지하는 일은 쉽지 않다. 마음 밭 상처를 외면하지 않고 들여다보는 일이다. 감정을 인정하고 정리하는 시간이다. 이때는 누군가의 다정한 위로가, 나를 돌아보는 글 한 줄이 마음의 방역이 된다.

어린 시절 읽었던 동화다. 타인의 마음을 들여다볼 수 있는 마법의 안경을 사서 기뻐하던 한 소년이 있었다. 하지만 기쁨도 잠시, 곧 슬퍼졌다. 좋아하는 사람이 자신을 좋아하지 않는다는 사실을 알게 되었기 때문이다. 사람들의 속마음을 낱낱이 들여다본다는 것은 설레기보다 두렵고 외로운 일이었다.

결국 그는 안경을 벗고, 자신의 마음을 솔직하게 드러내는 용기를 통해 진정한 행복을 느꼈다.

이야기의 결말은, 어쩌면 우리가 살아가며 마주치는 감정과 닮아 있다. 상대의 마음을 알고 싶어 애쓰다가 오히려 관계가 멀어지는 순간이 있다. 오해를 피하고 싶어 말과 표정을 조심하다가, 더 깊은 오해에 빠지기도 한다.

　무엇보다 중요한 것은 내 마음을 먼저 열고, 있는 그대로의 감정을 진심으로 전하는 것이다. 어른이 된다는 건, 상대의 마음을 꿰뚫어 보려 애쓰기보다 마음을 내어 줄 수 있도록 마음 밭을 만들어 가는 일이 아닐까.

3.

말은 했지만, 마음은 닿지 않았다

　학부모에게 공지를 올리기 전 주임 교사가 카톡으로 알림 내용을 보내왔다. 주고받은 카톡 메시지가 있음에도 불구하고 학부모 공지 제목에 '신나는 과자 파티'라고 하였다. 당황과 실망이 뒤섞였다. "조금 전에 목적을 알려 주었는데 그리 올리면 어떻게 해요!"라며 토라진 이모티콘을 보냈다.

제목 : 신나는 과자 파티

안녕하십니까? 내일 우리 친구들과 '맛있는 ㄱㄴㄷ' 수업으로 신나는 과자 파티를 진행하려 합니다.

- 준비물 : 내가 제일 좋아하는 과자 한 개
- 일시 : 4월 20일(목) 각반 교실
- 내용 : 과자 파티 및 교재 활동

소통이 부족했다는 생각보다 교육의 목적을 놓쳐 버린 것이 답답하였다. "과자 파티가 주가 되는 것 같아요. 글자 찾기가 주된 활동으로 목적을 뚜렷하게 해야 합니다. 교사들이 어떻게 도입 전개할지 한 번 더 생각해 봅시다."라고 알려 주어야 했는데 그러하지 못했다.

핵심을 전달할 수 있는 힘이 중요하다. 핵심을 안다는 것은 본질을 안다는 것이다. 교육하는 이유는 본질을 끊임없이 되새기도록 독려하는 것이다. 같은 일을 해도 핵심을 알고 하는 사람과 그렇지 않은 사람은 이미 출발점에서부터 마음가짐이 달라진다. 마음가짐이 달라지니 관점과 움직이는 방향도 달라진다. 과정의 밀도에서 격차가 벌어지니 결과 역시 달라질 수밖에 없다.

"제목을 '신나는 글자 찾기'로 수정할까요?"
"그렇지요. 우선순위가 글자 찾기입니다."

교사가 초점을 잘 유지해야 교육의 효과가 있다. 갈피를 잡지 못하면 과자 파티가 목적이 되어 버린다.

제목 : 신나는 글자 찾기

안녕하십니까? 내일 우리 친구들과 '맛있는 ㄱㄴㄷ' 수업으로 과자봉지에서 글자를 찾아 읽고 쓰는 활동 후 신나는 과자 파티를 진행하려 합니다.

- 준비물 : 내가 제일 좋아하는 과자 한 개
- 일시 : 4월 20일(목) 각반 교실
- 내용 : 과자봉지에서 글자 찾기 활동

　원장의 한마디에 적합한 내용으로 바꿀 수 있는 역량 있는 교사들이다. '작년에도 이렇게 통지문이 나갔는데요?'라고 할 수 있겠다는 생각이 들었다. 작년 알림장을 확인하고 싶었지만 참았다. 교사들은 간혹 그런다. '작년에도 그랬어요.'라고. 그때와 지금은 다르다. 현재 상황에 맞게 수정 보완하는 자세가 필요하다.

　작년에 입던 옷을 그냥 입지 않는다. 드라이클리닝을 하거나 세탁한다. 예쁜 코르사주를 달 수도 있다. 지금의 상황에서 변화를 생각하고 더 잘 이해되도록 핵심을 짚어 주어야 한다. 그때는 그것이 최선일 수밖에 없는 안목이었을 것이다. 그동안 우리는 더 경험했고 성장하였다.

　통지문 하나에서도 의견이 다양함을 배운다. 원장의 생각이 모두 옳을 순 없다. 직접 아이들과 수업하지 않으니 미묘한 차이가 난다. 그 미묘함의 공백을 서로 소통하고 채우며 올바른 방향으로 나아가는 것이다. 그 과정에서 감정 상하지 않고 배움이 일어나도록 해야 하는 데 내 마음이 먼저 상해 버렸다. 모든 관계는 말투에서 시작되는데 여전히 감정이 섞여 있었다.

아이들에게 한마음으로 다가가기 어렵다. 원장 생각이 다르고 교사의 실행이 다를 수 있다. 적어도 '매 순간 왜?'라는 질문을 해 보면 목적이 나온다. 질문은 알아차리기다. 질문을 통하여 상대방의 관점에서 바라봐야 한다. 나도 잘 안된다. 훈련과 연습이 필요하다. 실행의 변화가 없으면 배움도 무용지물이다. 왜 하고자 하느냐? 목적이 있는 우선순위를 꼭 기억하자.

소통이 불통일 때 마음을 다루는 방법도 알아야겠다. 첫째, 자신의 감정을 먼저 인식하고 인정하는 것이 중요하다. 좌절감, 화, 실망, 불안을 자각하는 것이 첫걸음이다. 둘째, 감정에 휘둘리지 않고, 상황을 객관적으로 바라보려는 노력이 필요하다. 왜 불통이 되었는지 원인을 분석하고, 감정적인 반응을 줄이는 것도 중요하다. 셋째, 소통의 과정에서 피드백을 주고받는다. 상대방의 반응을 확인하고, 자신의 반응을 전달하는 과정을 통해 개선할 수 있다.

소통의 어려움이 계속될 경우, 중재자의 도움을 받는 것도 좋은 방법이다. 중재자는 객관적인 입장에서 소통을 돕고, 문제 해결을 지원할 수 있다. 불통을 극복하기 위해서는 인내와 노력, 그리고 서로에 대한 이해와 존중이 필요하다.

유선경 작가는『어른의 어휘력』에서, 어휘력이란 단순히 말을 잘하는 능력이 아니라, 세상을 이해하는 힘이라 했다. 그 힘이 부족하면 말이 곧 벽

내 마음을 만나는 시간

이 되고, 그 벽은 마음을 가로막는다. 책 속에 이런 문장이 있다.

"나를 이대로 놓아두어도 괜찮은가?"

그 질문 앞에서 멈춰 섰다. '이대로'란 무엇인가? 나는 그동안 타협과 합리화 속에서 자신을 정당화하며 살아왔던 건 아닐까? 어쩌면 가장 가까운 사람과의 대화 속에서도 온전히 소통하지 못한 채, 서로 다른 언어를 사용하고 있었던 건 아닐까?

말이 많다고 소통이 되는 것은 아니다. 전달하고 싶은 마음과 받아들이는 마음이 다르면 결국 불통되었다.

좋은 교육은 정답보다 방향을 함께 고민하는 것이다. 말은 했지만, 마음이 닿지 않았다면 다시 시작해야 한다. 그래서 소통은 늘 연습이 필요하다. 오늘의 알림장 하나가 아이와 부모의 기억 속에 남을 수도 있다.

4.

마음이 아픈 아이

매년 3월이면 새로운 아이들을 만난다. 새 학기가 시작되면 한 반에 한두 명은 특별한 보살핌이 필요한 아이가 있다.

만 4세 여자아이 은지, 입학 후 둘째 날, 교실에 들어가려 하지 않았다. 그 전날 오후부터 복도를 서성이며 말을 걸어도 들은 척하지 않아 관찰하고 있었다. 입학원서에는 별다른 내용이 적혀 있지 않았다. 어머니도 아이에 관한 이야기를 따로 알려 주지 않았다.

오전 11시경 1층 복도가 소란스러웠다. 담임이 은지에게 교실로 들어가자 했다고 현관의 책과 장식물을 모두 바닥에 던졌다. 친구들의 신발까지 유치원 복도에 팽개쳤다.

달래려는 나를 향해 던진 신발이 오른쪽 귀부분을 때렸다. 안경이 벗겨져 왼쪽 얼굴 끝에 걸쳐졌다. 눈물이 날 만큼 아팠다. 잠깐 어질했다. 짧은 순간, 다른 아이가 아니고 나인 것이 다행이라 생각하였다. 신발 던지기를 멈추지 않았다. 얼굴에는 분노 가득한 표정이었다. 무엇이 아이의 마음을 그렇게 만들었을까 싶어 마음이 쓰였다.

"선생님, 은지 어머니가 오실 때까지 치우거나 정리하지 마세요."

상황을 듣고 달려오신 어머니는 현관부터 복도까지 흩어져 있는 물건과 신발을 보았다. "이 정도일 줄은 몰랐어요."라며 두 눈이 휘둥그레졌다. 사전 지식도, 마음의 준비도 없이 시작된 아이의 과격한 행동은 모두를 당황하게 하였다. 우선 어머니에게 어린이집에서 지낸 이야기를 들었다. 어린이집에서도 교실 생활은 힘들었다고 했다. 교무실이나 복도 등 밖으로만 돌아다녔다고 알고 있었다.

그날 이후 1층과 2층, 3층을 '어흥, 어흥' 소리를 내며 오르내렸다. 한 사람이 아이 옆에 있어야 했다. 어쩌다 교실에 들어가도 기분이 상할 때는 출입문을 잡고 마구 흔들어 대었다.

활동적인 프로그램은 그나마 따라 했다. 정적인 활동은 전혀 귀조차 기울이지 않았다. 담임이 자꾸 싫은 걸 하자 하니 선생님을 꼬집고 때리며 거부할 때도 있었다.

어느 날은 먹기 싫은데 선생님이 간식 먹을 시간이라 했다며 울면서 친구들 출석 카드를 교실 바닥으로 던졌다. 두 주먹을 불끈 쥐고 온몸을 벌벌 떨며 분노를 쏟아냈다. 아이는 우리에게 도와달라는 신호와 마음이 아프다는 표현을 행동으로 혹은 거친 말로 나타냈다.

어린이집에서 교실 밖으로만 돌던 아이가 여섯 살 되어 유치원에 왔다고 금방 좋아지진 않는다. 적응하려는 아이도 힘이 들 것으로 생각하니 안쓰러웠다. 은지에게 초점을 맞추면 다른 아이들에게 미안해지는 일이 반복되었다.

은지 어머니는 이혼과 직장 생활로 아이 돌봄까지는 버거운 상황이었다. 외할머니와 할아버지가 오셨다. 은지에게 폭력적인 행동이나 분노가 나타나면 언제든지 오겠다고 하였다. 조금씩 적응하기까지 가족의 도움이 감사했다. 은지의 분노가 심할 때마다 유치원에 오셔서 손녀를 타이르셨다. 달랠 때마다 할머니 손을 깨물고 꼬집고 발로 차며 큰 소리로 울었다. 매일 카톡으로 은지의 사진과 행동을 알리면서 어머니께 미안했다. 내가 꼭 고자질하는 아이 같다는 생각이 들었다.

유치원에서 잘못된 행동을 제지할 때 아동 학대라는 문제가 대두된다. 어디까지 개입하여야 할지 난감할 때가 많다. 더군다나 거친 행동으로 다른 아이뿐만 아니라 은지가 다칠 염려도 되었기 때문이다. 그룹 활동에서 집중하는 방법을 담임과 의논했다. 반 전체 아이들에게 10분짜리 모래시계를 사 주었다. 모래시계를 보며 자리에 앉아 활동할 수 있게 하였다. 은지는 모래시계에 관심을 가졌다. 조금씩 변화하고 있는 은지였다. 복도와 교무실 생활에서 교실로 들어가는 횟수가 늘어났다. 여전히 교실 안에서 질서와 규칙은 지키지 못했다. 교사가 꾸준히 이야기 나누었지만, 귓등으로 흘려들었다. 서로 다름을 인정하는 친구들의 마음이 함께 하길 바랐다.

학부모 민원이 접수되었다. 미영이가 은지를 무서워한다며 옆에 앉히지 말아 달라는 요청이었다. 담임은 매월 말 자리 배치를 새롭게 할 때 상황을 고려하겠다며 양해를 구했다.

얼마 후 난감한 일이 생겼다. 견학을 다녀오는 버스에서 미영이와 은지가 나란히 앉아 이동했다. 이 사실을 알게 된 미영이 어머니가 화를 크게 냈다.

그 순간 교육자로서 깊은 고민에 빠질 수밖에 없었다. 유치원은 단지 지식을 전달하는 공간이 아니다. 더불어 살아가는 법, 서로를 이해하고 받아들이는 마음을 배워가는 삶의 첫 공동체이다. 아이들은 관계 속에서 갈등을 경험하고, 그 속에서 조심스레 조율하는 법을 익힌다. 유치원에서는 친구와 사이좋게 지내는 법을 배운다. 그렇기에 특정 친구와 교실 자리뿐 아니라, 버스 좌석까지 분리해 달라는 요청은 쉽게 수용할 수 없었다. 불편한 순간조차도 서로를 이해하며 성장해 가는 과정이기 때문이다. 우리는 그 시간을 함께 견뎌 주어야 한다.

이러한 상황에서도 은지는 화장실 문을 잠그고 교실 출입문 앞에 서서 친구들을 못 들어가게 하였다. 장난으로 보기엔 횟수가 잦고 교사의 지도에 순응하지 않았다.

2학기가 되자 은지는 친구들과 어울려 놀기 시작했다. 짝꿍인 성현이를 챙겨주는 모습도 눈에 띄었다.

어느 날, 친구와 연필을 가지고 실랑이를 하다 친구 얼굴이 긁히는 사고가 있었다. 은지도 놀란 듯하였다. 유치원에 오신 은지 어머니에게 '야단치기보다, 먼저 어머니의 마음을 이야기해 주라.'고 말했다.

"엄마는 은지가 잘못할 때마다 계속 유치원에 와서 원장님도 만나야 하고 다친 친구에게 미안하다 사과해야 해서 마음이 아파요."라고 하니 가만히 듣고 있었다.

다음날, 전화가 왔다. "엄마가 나 대신 사과해 줘서 고마워. 친구랑 사이 좋게 지낼게."라고 한다며 어머니는 우셨다. 은지의 마음에도 배려할 수 있는 새싹이 움트고 있었다. 희망이라는 이름으로 성장한 모습이 고마웠다. 치마 입기를 거부하는 아이, 언제나 엄마를 지켜 줘야 한다는 은지의 마음에 엄마를 향한 사랑이 가득하였다. 수료를 앞둔 11월 엄마의 회사 이동으로 은지는 이사를 갔다. 다른 유치원에서 잘 적응하고 있는지 보고 싶다.

원장 선생님 은지 앨범 너무 잘 받았습니다.

사진을 한 장씩 보며 적응 못 했던 은지 모습이 지나가면서 울컥하고 끝까지 포기 안 하고 우리 은지를 응원해 주신 원장 선생님과 담임께 감사한 마음 전합니다.

이제 일곱 살이 되어 태권도 학원에서도 적응 잘하고 합기도까지 보내

달라고 하네요.

어디를 가도 적응 잘하는 은지가 되었답니다. 정말 덕분입니다.

유치원에서 보낸 시간 잊지 않을게요.

– 은지 엄마 올림

항상 차분하게 은지를 보듬어 주는 담임도 은지의 변화된 행동에 보람을 느꼈다. 아이의 문제 행동 뒤에는 반드시 '마음의 신호'가 숨어 있다.

처음 교사가 되었을 때 누구보다도 좋은 교사가 되려고 다짐하며 노력한다. 교사는 단순한 지식 전달자가 아니라 아이 마음의 동반자다. 교사 자신이 아는 만큼 볼 수 있고, 노력한 만큼 얻을 수 있다. 가르치는 일은 사람과 사람의 만남이다.

5.
하고 싶은 대로 안 되는 하루

　피곤했다. 저녁도 먹지 않고 씻은 후, 그대로 누웠다. 아이들의 야외 견학은 항상 긴장된다. 버스를 타고 장거리 이동하거나 견학지에서 안전을 살피는 건 신경이 곤추서는 일이다.

　아침 일찍 서둘러 대구 봉무 공원으로 갔다. 약속 시간에 영양사를 만나 동행했다. 이른 아침에도 주차장은 차가 많았다. 단산지 산책로와 숲길을 등산 온 사람들이다. 돗자리 일곱 개를 나누어 들고 공원으로 이동했다. 무거웠다.

　"M 유치원이지요? 차로 짐을 옮겨주세요."

　견학 온 걸 짐작한 주차 관리 아저씨는 메모를 확인했다. 사전 답사 온 연구부장이 부탁한 덕분에 공원 안쪽까지 자가용으로 이동할 수 있었다. 환경

관리하던 아저씨도 점심 먹을 장소를 알려 주었다. 살만한 세상이다. 유치원 아이들의 단체 견학을 환영해 준다. 그동안 코로나로 휴관이었다가 코로나 이후 찾아온 꼬마 관람객을 위하여 친절하게 안내하였다. 점심 먹을 장소에 돗자리를 펴고 주변을 살폈다. 화장실과 놀이터가 가까이 있었다.

도착 시간에 맞추어 아이들을 마중하러 주차장으로 다시 갔다. 큰 버스 세 대가 입구로 들어섰다. 손을 흔들며 아이들을 맞이하였다.

"원장 선생님 언제 왔어요?"
"어떻게 왔어요?"

아이들의 관심에 기분이 좋았다. 화장실부터 데리고 갔다. 용변 보이고 손을 씻어 주었다. 바깥 나들이가 서툰 유치원 막내 만 3세의 안전 지원을 맡았다.

노란 대형 나비가 입구에서 반겨주었다. '봉무 공원'이라 쓴 큰 머릿돌과 나비 모형 앞에서 단체 사진 촬영을 했다. 아이들은 모이지 않고 땅에서 개미 찾기에 바빴다. 모였다 흩어지기를 반복한다. 선생님과 눈짓으로 웃었다. 단산 저수지 부근 물가에 큰 거북이 두 마리가 햇볕에 몸을 말리고 있었다.

"얘들아, 거북이야!"를 외치며 하나라도 더 보여 주고 싶어 나는 안달이 났다. 지나가던 아저씨 한 분이 "여기, 거북이 많아요."라며 알려 주었다.

거북이는 변온 동물이라 일광욕이 매우 중요하다는 것을 어디선가 읽었다. 한 마리가 미끄러지듯 풍덩 물속으로 뛰어들었다.

"저기 물속에서 거북이가 헤엄쳐요."라며 아이들은 거북이와 나를 번갈아 쳐다보았다.

예전에는 수상스키 타는 모습도 볼 수 있었다. 한여름이 되어야 운영하는지 아쉽다.

미리 준비해 둔 돗자리에 가방을 두고 나비 누리관과 나비 생태학습관을 견학했다. 달 조형물과 트릭아트 존 등 멋진 사진 명소가 많았다. 액자에 박제된 곤충 표본을 보다가 진짜 살아 움직이는 나비 체험관에서 몇몇 아이들은 무서워했다. 용감한 아이는 나비를 잡으려 하였다. 나비를 무서워하는 아이와 잡으려고 하는 아이 틈새에서 안전까지 보살피는 교사는 분주하다. 그 틈새에 생명 교육까지 해야 한다.

오랜만의 견학이라 땅땅치킨 체험 랜드와 두 곳의 일정을 하루에 소화하기에는 벅찼다. 만 3세와 4세는 봉무 공원을 먼저 견학하였다. 7세는 버스로 10분 거리에 있는 땅땅치킨 체험 랜드 활동을 먼저 하였다. 점심 식사 후 서로 교차하여 체험하였다.

아이들은 땅땅치킨 체험 랜드의 커다란 닭 모형을 보고 신기해한다. 앞치마와 머리 두건을 직원의 도움을 받아 입혀주었다. 사랑반 남자아이 은우가 앞치마와 두건을 쓰지 않겠다고 거부한다. 봉무 공원에서도 혼자 다니려 하였다. 부 교사 한 명이 함께 다니며 한 아이를 전담했다. 워낙 고집이 센 아이라 규칙을 무시하는 행동이 빈번했다. 교실에서도 자신의 요구가 받아들여질 때까지 울거나 소리 질렀다. 속상하다고 화를 내기 전에 말로 표현하는 연습을 담임과 함께하고 있다. 부모님도 감당하기 어려움을 호소하는 아이다.

치킨 만들기 체험에는 교사 한 명의 손길이 절실한 상황이다. 묻는 말에 대답도 하지 않고 '안 해!'만 연발한다. 담임도 인솔하랴 은우 마음 챙기랴 분주했다. 은우를 우선 내 옆자리에 앉혔다. "여기 앉아서 친구들이 치킨 만드는 것 구경하자." 어떤 마음으로 거부하는지 그 속내를 알 길 없지만 기다려 보기로 했다. 그나마 얌전하게 앉아서 친구들의 동선을 살핀다.

아이들은 입장 후 땅땅 체험 랜드 안내 영상을 보았다. 치킨 만들기 전에 직접 만든 치킨을 담아갈 수 있는 포장 상자를 꾸몄다. 이름표도 붙였다. 아이들의 얼굴에 기대감이 가득하다. 요리 실습실에서 체험을 보조해 주는 직원분과 담임 그리고 유치원 자원봉사 선생님의 손길이 바빠졌다. 아이들은 치킨에 양념 가루를 골고루 버무렸다. 비닐장갑을 착용한 손으로 잘도 조물조물 묻힌다.

"치킨을 만들지 않으면 은우는 집에 가지고 갈 수 없어. 결정은 은우가 하는 거야."라고 말을 건넸다. 허용할 수 없는 행동에 대해 한계점을 말한 것이다. "은우가 치킨을 만들지 않으면 집에 가지고 갈 수 없는데 걱정이네." 혼잣말처럼 또 중얼거렸다. "친구들이 잘 만드는지 은우가 살펴보자.

은우는 그냥 구경만 하고 치킨을 집에 가지고 가지 않아도 괜찮아. 여기 앉아서 구경하자."

시간은 흘러가고 치킨을 주지 않을 거라는 분위기를 느꼈는지 은우는 슬금슬금 실습 테이블로 움직였다. 이때다 싶어 손에 비닐장갑을 끼워주니 천연덕스럽게 치킨에 가루를 묻힌다. 담임이 곁에 와서 칭찬을 아끼지 않았다. 이렇게 조금씩 달라지는 은우는 우리에게 힘 드는 상황인 건 분명하지만, 변화에 주목하면 마음의 힘을 느낀다.

장소를 이동하면서 아이들은 치킨이 튀겨지는 것을 유리창 너머로 관찰하였다. 기다리는 아이들을 위하여 직원이 게임을 진행했다.

그 사이 교사는 튀겨진 치킨을 아이들이 꾸민 상자에 담고 버스 노선대로 상자에 담아 분류하였다. 붕붕 선생님(운전기사)도 버스까지 옮기는 것을 도와주었다. 교사의 손발이 잘 맞아 고마웠다.

대구에서 한 시간 거리다. 용변을 보인 후 귀가 준비를 하였다. 아이들은 자기가 만든 치킨이 어디 있느냐고 찾는다. 아이들을 배웅하는데, 옷에서 치킨 냄새가 났다. 하기 싫다던 은우도 웃고 있다.

인생을 자기 하고 싶은 대로 하고 싶지만, 그렇게 하지 못할 때도 있다. 살다 보면 하고 싶은 대로 할 수 있는 일이 있고, 그렇지 못한 일이 있다. 하기 싫어도 해야 하는 일, 그런 일을 하는 과정에서 뿌듯함과 보람과 가치를 찾을 수도 있다는 사실을 잊지 말았으면 좋겠다.

6.

익숙함이 만든 빈틈

K 교사가 졸업식 식순지를 결재받으러 왔다. 대충 훑어보고 표지가 멋지다고 생각했다. 원장 모임 단체 카톡방에 식순지를 공유했다. 그런데 예상치 못한 피드백이 쏟아졌다. H 원감은 내용에서 틀린 부분을 콕 집어 준다. 다른 원장은 틀린 숫자를 찾아냈다. 여러 곳이어서 얼굴이 화끈 달아오르며 부끄러웠다. 난 겨우 문장 줄 맞춤 오류만 찾아냈을 뿐, 다른 중요한 실수는 눈에 들어오지 않았다. 왜 놓쳤을까?

수정한 식순지를 다시 공유한 뒤에도 문제는 끝나지 않았다. J 원장이 전화로 "원장이 하는 환송사 순서가 빠졌어요."라고 말했다.

졸업식은 매년 해오던 일이었다. 그럴 리 없다고 생각하며 다시 확인했지만, 정말 순서에 빠져 있었다. 관례로 해오던 절차마저 뒤죽박죽이었다. 누구의 잘못을 탓할 일이 아니었다. 진중하게 보지 못한 나의 잘못이었다. 마음을 다잡고 다시 수정했다.

검색하다 읽었던 어느 카페 글이 생각났다.

한 사람이 38년 동안 안전관리와 풀 베는 일을 해 오면서 경험하고 겪었던 것을 토대로 그 사람의 성격을 파악할 수 있다는 내용이었다.

개인의 시각에서 쓴 글이지만 고개가 끄덕여졌다. 첫째, 대충 건성형은 건성으로 듬성듬성 거칠게 대충하는 사람이다. 대부분 다른 일을 시켜도 예초기 하는 것처럼 건성으로 쉽게 대충하는 경우가 많다. 둘째, 맞춤 정교형은 현 위치에서 항상 전후좌우를 살펴 가며 적당한 속도로 하는 사람이다. 평소 꼼꼼하고 매사 신중한 사람이다. 셋째, 제자리걸음형은 정지된 상태에서 걷는 것을 말한다. 예초기 소리는 요란한데 앞으로 나가는 데 인색하다. 계속 그 자리 주변에서 맴돈다는 내용이었다.

이번 일을 겪으며 '대충 건성형'의 모습을 발견했다. 그렇다면 왜 건성으로 일을 처리하게 되는 걸까? 동기가 부족하거나 스트레스를 과하게 받거나, 반복되는 일상에 지쳐서일 수도 있다. 목표나 방향성이 명확하지 않아서 그럴 수도 있다. 그러나 중요한 것은 이런 이유를 인식하고 해결하려는 노력이다. 명확한 목표 설정, 자기 관리, 동기부여, 그리고 다른 사람들과의 원활한 소통이 이를 극복하는 열쇠다.

식순지를 대충 검토한 것은 매년 반복되는 행사라 익숙하다는 생각 때문이었다. 만약 카톡방에 식순지를 올리지 않았다면 그 많은 오류를 발견할 수 있었을까? 생각만 해도 아찔했다.

아이들의 졸업식을 준비하며 정성을 다한다. 졸업식은 유치원 생활의 마지막을 마무리하는 중요한 자리다. 코로나라는 비상 상황 속에서 아이들을 떠나보낸다. 해마다 2월이 되면 정든 아이들과 퇴직하는 교사와의 이별 앞에 마음이 저려온다. 더군다나 올해는 코로나로 인해 간소한 졸업, 송별, 수료, 입학이 예상되었다.

외부 활동과 여러 행사가 줄줄이 취소되었다. 우리가 할 소임은 마지막까지 성의껏 준비하는 것이었다.

졸업을 앞둔 유아들의 초등학교 준비도 중요하였다.

코로나로 인한 불안한 시기에도 교사들은 아이들에게 필요한 기본생활습관을 잡아 주기 위해 노력했다. 교실을 초등학교처럼 일정한 방향으로 책상을 배치하여 학습 태도를 갖추게 하였다. 학부모와 소통하며 초등학교에 잘 적응할 수 있도록 마음을 다해 도왔다.

코로나 위기를 겪으며 하루에도 3~5회가 넘는 열 체크하고 기록하기, 손 씻기 지도, 가림막 관리, 올바른 마스크 착용 확인하기, 매일 교실 소독하기, 손 세정제 점검하기, 손소독제 확인하기 등 코로나로 인해 일이 더 많아졌다. 교사들의 수고와 사랑, 배려가 고맙다. 아무나 할 수 없는 일을 우리는 해내고 있다.

'유치원을 언제까지 운영할 수 있을까…?'

그동안 해 보지 않았던 생각이 꼬리를 물고 맴돈다. 그냥 시곗바늘처럼 돌고 돌던 생활이 그립고 감사했다.

아이들만 참여하여 수료와 졸업식을 했다.

특별한 줄 몰랐던 소중한 일상은 언제쯤 우리 곁으로 돌아올까?

콜린 패러토어(Colin Latchem)의 그림책『큰다는 건』은 졸업식날 마지막으로 읽어 주는 원장의 마음을 듬뿍 담은 책이다. 내 마음속 뿌듯한 느낌, 아이들과 함께 자랐다. 누구에게나 매일 주어지는 86,400초의 시간. 그 시간을 소중하게 만드는 사람만이 누릴 수 있는 어른으로 성장하기를 원했다.

수료식과 졸업식 동영상을 촬영했다.

1년에서 3년간 함께한 소중한 추억을 담아, 학부모께 전달했다.

이번 졸업식 식순지 실수는 단순한 실수가 아니었다. 오히려 나 자신을 깊이 돌아보게 한 중요한 경험이었다. 지금, 이 순간에 온전히 집중하지 않으면 사소한 일도 실수로 남을 수 있다는 것을 느꼈다.

사람의 마음은 과거를 후회하거나 미래를 염려한다. 하지만 내가 할 수 있는 유일한 일은 지금, 바로 이 순간에 최선을 다하는 것이다.

익숙한 일일수록 더 정성을 다해야 한다. 반복된다는 이유로 마음을 놓는 순간, 실수는 일어난다. 작고 사소한 일처럼 보여도, 정성이 빠지면 책임은 커진다.

코로나라는 예기치 못한 위기 속에서도 우리는 서로의 부족함을 채워가며 유치원을 지켜왔다. 작은 일 하나에도 건성이 아닌 정성을 담아 '지금, 여기'의 순간에 집중한다.

7.

마음을 읽는다는 것

"원장님, 유정이 어머니가 10시에 상담 오신다고 합니다."

원감의 전화였다. 나는 정기검진으로 병원에 있었다. 원장의 부재를 알렸지만, 어머니는 상담을 원했다. 갈 수 없는 상황이었기에 상담 기록을 잘 남기라고 당부했다.

유정이 어머니는 '도전! 반찬 대장' 프로그램에 대해 우려를 나타내었다. 유아기에 영양을 골고루 섭취해야 하는 것은 동의했지만, 아이에게 스트레스를 줄 가능성을 문제 삼았다.

2시간 동안 원감과 부장 교사와 상담하고 유치원 급식을 함께 먹은 후 귀가하였다고 했다.

원감은 의견을 존중하며 취지를 잘 설명했지만, 어머니의 마음을 확실히 알기 어려웠다고 전했다.

나는 전화로 추가 대화를 해야 할지 망설였다. 교육의 목적을 충분히 전달했다면 굳이 전화하지 않아도 될 것 같았다.

그날 오후, 원감이 황급히 원장실로 왔다. 유정이 어머니가 유치원 퇴원을 통보하였다고 했다. 아이의 소지품은 모두 폐기 처분하라는 문자를 보냈다는 것이었다. 어머니의 결정에 마음이 편치 않았다. 소통의 책임이 나에게 있다는 생각이 들었다. 내 처지에서만 상황을 바라보았다는 것을 알아차렸다.

영유아기(0~5세)는 신체적, 정서적, 사회적 발달이 급격히 이루어지는 시기다.

적절한 영양 섭취는 건강한 성장을 위한 필수 요소다. 영유아들이 특정 음식을 거부하거나 1가지 음식만 고집하는 편식 경향이 있다. 이러한 식습관은 영양 불균형을 초래하고, 나아가 성장 지연이나 면역력 저하로 이어질 수 있다. 이를 해결하기 위한 '도전! 반찬 대장' 프로젝트는 가정과 연계하여 실시하였다. 한 달 동안 그림책과 함께 다양한 이벤트 활동을 하였다. 유아들의 건강한 식생활 습관에 도움이 되길 기대했다.

먹기 싫은 반찬을 먹어 볼 용기, 해내었다는 도전 정신, 식사 시간에 감사한 마음 갖기, 건강을 위해 5대 영양소를 골고루 먹어야 한다는 취지였다. 매년 편식 때문에 고민하는 학부모가 있다. 다른 반찬은 먹지 않고 김과 밥만 먹는 아이도 있었다. 아토피로 고생하는 아이들을 위해 조리사가 따로 반찬을 만들어 주었다. 매월 식단을 펼쳐놓고 어머니와 아토피 관련 대체식을 의논하기도 했다.

　연구에 따르면, 전체 영유아의 약 70~80%가 편식을 경험한다. 특히 채소, 과일, 생선 등 특정 식품군에서 두드러진다. 미국소아과학회(AAP)의 보고에 따르면, 채소를 거부하는 영유아의 비율이 약 60%에 이르며, 우리나라에서도 유사한 양상을 보인다. 이 시기의 편식은 단순한 식습관 문제가 아니라 향후 음식물에 영향을 미치는 중요한 지표가 된다.

　편식 비율이 높은 만큼, 이를 해결하기 위한 부모와 교육기관의 적극적인 대처가 필요하다. 단기적인 변화보다는 아이의 관점에서 식사에 대한 긍정적 경험을 쌓도록 돕는 것이 중요하였다. 부모와 교육기관이 협력하여 꾸준히 노력한다면, 아이들이 건강한 식습관을 형성하는 기반을 다질 수 있을 것이다.

　편식을 대처하는 방법은 첫째, 음식에 대한 긍정적인 경험 제공과 새로운 음식을 접할 때, 강요하기보다는 놀이와 결합하거나 요리 과정에 참여시켜 친숙함을 느끼게 한다. 음식과 관련된 그림책이나 동영상 등을 활용해 자연스럽게 흥미를 유도한다. 둘째, 모델링과 반복 노출로 부모나 형제가 다양한 음식을 즐기는 모습을 보여 주는 것이 효과적이다. 아이들은 새로운 음식을 평균 10~15회 이상 접해야 익숙함을 느끼므로 꾸준히 노출

하는 것이 중요하다. 셋째, 식단과 환경 조성은 음식의 형태와 색깔을 다양화하여 시각적 흥미를 끌 수 있도록 한다. 음식 스티커나 동물 모양 주먹밥 등 아이가 재미를 느끼는 방법을 활용한다. 넷째, 긍정적 강화와 보상으로 새로운 음식을 먹었을 때 칭찬과 긍정적인 피드백을 주어 성취감을 느끼게 한다. 단, 먹는 행위 자체가 부담으로 느껴지지 않도록 지나친 보상은 피해야 한다. 다섯째, 가정과 연계하여 프로그램을 운영해야 한다. 부모 교육을 통해 영양의 중요성과 아이의 식습관 형성을 돕는 구체적인 방법을 공유할 필요가 있다.

가정과 연계하여 이 기회에 맛이라도 보기를 원했다. 맛을 본 경험으로 편식에 대한 긍정적인 변화를 기대했다. 아이들은 저마다 다른 반응을 보였다.

"오늘 반찬은 뭐예요?", "이젠 다 먹을 수 있어요!", "채소는 맛이 없어요.", "먹기 싫었지만 조금 먹었어요." 다양한 반응 속에서 조금씩 참여하는 모습이었다.

학부모 알림장에는 글과 사진이 올라왔다. 평소 채소를 거부하던 아이가 먹고 있는 인증사진이나 영상, 음식 스티커 붙이는 모습, 가족과 함께한 그림책 활동은 프로그램의 효과를 볼 수 있었다.

그러나 모든 가정이 같은 방식으로 참여할 수는 없다. 유정이 어머니가 느낀 부담은 내가 예상하지 못한 부분이었다. 어찌하건 몸에 좋은 음식을 먹이고 싶은 엄마의 마음은 모두 한마음이리라 여겼다.

　이 일을 통해 상대방의 관점을 충분히 이해하지 못했다는 것을 알았다. 교육활동의 취지가 아무리 훌륭해도 가정의 다양한 상황을 고려하지 못하면 갈등으로 이어질 수 있음을 배웠다.

　소통은 당연히 이루어지는 것이 아니다. 상대의 마음과 상황을 읽고 공감하려는 노력이 필요하다.

　유정이 어머니의 마음을 읽기보다, 내 입장에 치우쳤다.

　교육한다는 것은 힘이 되기도 힘이 들기도 한다. 남들이 나와 전혀 다른 것을 보고, 듣고 생각할 수 있다는 사실을 놓칠 때가 있다. 처한 상황이 다르고, 느끼는 것이 달라 사람의 마음을 헤아리지 못한다. 공감은 상대의 마음에 있지 않으면 분명히 알 수 없는 것들이 존재한다. 마음이란 단순히 넓이를 넓히는 것이 아니다. 수직의 깊이를 알아야 한다. 유정이 어머니를 향한 구겨진 마음을 펴고 싶다. 그때나 지금이나 여전히 마음 읽기는 어렵다.

8.

아이는 꽃처럼 자란다

4월 초다. 늘 시작은 굳은 결의로 '보람차게'를 외친다. 돌아서면 곧 한 달의 끝자락! 그 사이에 보람과 고됨이 어우러진다. 만개한 꽃이 위로한다. 누구는 몇십 년 유지해 온 유아교육 사업을 접고 다른 누구는 열심히 유아교육을 위해 연구한다. 다른 이는 유아에게 항상 새로운 발견을 하고 또 다른 이는 힘겨운 자신을 추스르며 하루하루를 버티어 낸다. 같은 세월에 같은 일을 하지만 모두 자기의 결로 시간을 맞이한다. 누구에게나 공평하게 주어지는 시간 앞에서 다시 4월을 맞이한다. 첫날이 주는 희망을 품으며 연둣빛 푸르름을 마음껏 안아 본다.

유치원 앞마당에서 아이들과 함께 칼란코에 심기 체험활동을 했다. 칼란코에(Calanchoe)는 다육식물의 일종이다. 주로 분홍색, 빨간색, 노란색, 주황색 등의 화려한 색깔의 꽃을 피운다. 꽃이 오랫동안 피어 있어서 좋다. 따뜻한 기후를 좋아한다. 간편한 관리로 인기가 많다. 칼란코에의 꽃말은 '설렘', '인기'라고 했다. 식물의 소중함을 직접 느껴보고 우리가 자연을 아끼고 지켜야 함을 배운다.

아이들은 꽃모종 고르는 것에 진지하다. 다양한 색의 꽃마다 눈길을 준다. 김천시 치유의 숲에서 '숲 체험 교육사업'으로 진행했다. 앞마당에 방수 천막을 깔고 역할 분담을 하였다.

화분 바닥에 흙이 흘러내리지 않도록 그물망 넣는 것을 도와준다. 배양토를 아이들과 함께 꽃삽으로 화분에 담는다. 칼란코에 모종을 넣고 남은 흙으로 덮어 준다. 화분에 흙을 가득 채우면 물을 줄 때 흘러 넘쳐 버린다.

"이게 무슨 꽃일까요?"라고 물었다. 한 아이가 '예쁜 꽃'이라는 말에 한바탕 웃었다. 아이들도 덩달아 웃는다. 꽃모종을 든 선생님도 웃으며 설명을 이어 갔다. 언제 어디서 생각 주머니가 툭 튀어나올지 모르는 아이들이다. 어려운 '칼란코에' 꽃 이름을 잘 따라 한다. 선생님은 쏟아지는 질문을 아이들과 나눈다. "꽃을 꺾으면 죽어요.", "흙이 필요해요.", "집에 가져가서 키우고 싶어요.", "물도 필요해요."라며 대답을 잘하는 아이들이다. "꽃을 심으니 기분이 좋아요.", "마음이 따뜻해져요."라고 마음을 표현한다. 자연 친화적인 생태교육은 체험이다. 만지면서 자세히 관찰하니 아이들이 집중한다. 보는 대상에서 가까이 만지는 활동은 오감으로 기억될 것이다.

벚꽃이 바람에 눈처럼 날렸다. 나도 아이들도 "우와!" 함성을 질렀다. 꽃

눈을 맞으며 화분에 꽃을 심는다. 행복이 별건가, 순간 눈물 나도록 아름다운 풍경에 마음이 벅찼다.

아이들은 이름 팻말 꽂는 일, 화분을 비닐 가방에 넣는 일, 장갑 정리하는 일, 손 씻는 일을 순서대로 따라온다. 담당자 세 분이 화분 심기와 작업을 도와주었다.

아이들의 꽃 심는 태도는 다 달랐다. 장갑 낀 손끝으로 배양토를 찔러보는 아이도 있었다. 마치 더러운 것을 대하는 듯 주저한다. 흙 색깔이 검어서일까? 교실에서 선생님 설명을 듣고 왔어도 배양토 만지기를 주저한다. 어떤 아이는 꽃삽 대신 두 손으로 움켜쥐며 흙을 화분에 넣는다.

아이들은 '잘한다'라는 칭찬 한마디에 용기를 내어 꽃으로 가득 채운다. "예쁘게 자라라."라며 응원의 말까지 전한다. "우리 엄마는 빨간색을 좋아해요."라며 빨간색 모종을 달라고 한다. 엄마가 직접 들었다면 감동하지 않았을까.

다른 친구들이 꽃 심기를 체험할 동안, 활동을 마친 아이들은 놀이터에서 모래 놀이를 한다. 유치원 놀이터에 우레탄 고무 소재가 유행처럼 번질 때였지만 모래를 깔았다. 모래놀이는 집중력 향상에 도움이 된다. 오른손, 왼손 모두 사용하며 양손 활용을 도와준다. 새로운 촉감을 경험할 수 있다. 혼자가 아닌 여럿이 하는 모래놀이는 협동심을 배운다. 부드러운 여과 모래를 지인으로부터 소개받아 교체했다. 수돗물을 여과할 때 사용되는 주문진 바닷모래다. 겨울에도 딱딱하게 굳지 않는다. 모래놀이를 간혹 꺼리는 아이도 있다. 신발에 모래가 들어가는 것도 찝찝해한다. 모종 심기 배양토 만지는 것도 꺼리는 아이가 있다. 시간이 말해 준다. 아이들의 놀이 본능은 때가 되면 스스로 참여한다.

해마다 4월이면 유치원에서 아로니아, 방울토마토, 다육식물, 씨앗 기르기를 체험하였다. 꽃 화분은 처음이다. 김천 치유의 숲에서 꽃 화분 재료뿐만 아니라 점심으로 유아 도시락까지 지원해 주었다. 네모난 도시락에 과일과 빵, 과자, 주먹밥, 유부초밥이 들어 있었다. 풍성했다. 맛나고 감사한 하루였다.

방수 갑바와 꽃삽, 배양토, 화분과 남은 모종을 정리했다. 두 팔과 어깨, 허벅지가 아팠다. 아이들의 꽃 화분 150여 개를 옆에서 도와준 통증의 선물이다. 힘을 빼야 하는데 살아 있는 식물이라 신경 쓰였나 보다. 칼란코에 관찰 활동 '미니 책'과 화분을 투명 비닐 가방에 넣었다. 아이들 꽃이 또 다른 꽃을 들고 집으로 간다.

꽃을 심는 일은 어쩌면 사람을 키우는 일과 닮아 있다. 성급하게 재촉할 수도, 억지로 이끌 수도 없다. 아이들은 자연스럽게 자신의 속도로 자란다. 때가 되면 스스로 흙을 만지고, 모래놀이를 하듯 경험 속에서 배운다. 교육이란 씨앗을 심고, 기다려 주는 과정인지도 모른다. 아이들은 꽃이고, 우리는 그 꽃을 돌보는 정원사다.

다음 날은 꽃집 견학을 하였다. 나이별로 날짜를 나누어 방문하는 동네 꽃집이다. 미리 사장님께 허락을 구했다. 혹시 아이들이 식물을 상하게 할 수도 있기 때문이다. 넉넉한 인심으로 견학을 허락하셨다. 꼬마 손님을 맞이하며 행복한 미소로 인사를 받는다.

　다양한 봄꽃과 여러 종류의 씨앗, 꽃바구니와 꽃다발, 키가 다른 식물이 심어진 화분과 각종 모종을 관찰하였다. 온실에는 키가 큰 식물도 있었다. 꽃을 심으려면 필요한 배양토와 화분, 왕모래 등 꽃 심기의 여러 재료도 다시 살펴보았다. 열심히 설명하는 선생님과 두 눈을 크게 뜨고 이곳저곳을 살피는 아이들의 호기심 어린 모습이 사뭇 귀엽다.

　오고 가는 길에는 동네 구경을 한다. 빵과 과일, 커피집 사장님도 반갑게 손을 흔들어 주신다. 지나가는 어른들도 웃음을 보낸다. 배꼽 손을 하고 공손하게 인사한다. 아이들아! 너희들은 꽃이다.

제2장

내 마음 중심 찾기

1.

한 발짝 물러나 바라볼 때

실외 놀이 쉼터 공사를 한다. 4월 초, 놀이터 나무 전정 작업과 조경공사가 시작되었다. 20년 훌쩍 넘긴 벚나무가 베어질 땐 후회되었다. 아이들과 마지막 기념사진을 찍었다. 올해는 벚꽃이 더 화사하게 피었다며 교사들도 아쉬워했다. 벚꽃이 바람에 날릴 때 눈이 온다며 꽃잎을 잡으려 아이들이 바람과 함께 달렸다. 여름에는 시원한 그늘이 되어 주었다. 가을이면 떨어진 낙엽을 모아 미술 재료로 사용하고 촉감놀이를 하였다. 나무가 자라서 쭉 뻗은 가지는 옆집 빌라까지 뻗어나가 불편을 주기도 했다.

큰 나무 아래 작은 나무들이 그늘에 가려져 있다가 기지개를 켠다. 놀이동산에 구릉(언덕)을 만들고 백일홍과 반송을 이식했다. 유치원 놀이 쉼터는 매일 조금씩 달라지고 있다. 잔디가 잘 자라도록 스프링클러로 물을 주었다. 키 큰 느티나무 한 그루와 영산홍 세 그루를 새 식구로 맞이하였다. 구릉에 토끼 가족 인형을 두었다. 아이들은 토끼 동산이라며 좋아했다.

2층 트리하우스 공사를 함께하였다. 일하시는 분들은 물가가 많이 올라 공사비가 적다며 투덜거렸다. 그러다 결국 일을 하다 말고 가 버렸다. 견적서를 받고 계약까지 마쳤지만, 우크라이나 전쟁으로 인해 자재 가격이 매일 변동되고 있었다. 상황은 이해되었지만, 시작한 일을 중간에 멈추니 난처한 상황이었다. 공사비 조정에 들어가며 어디에서 자금을 충당해야 할지 깊은 고민에 빠졌다.

아이들이 실외 활동을 넘어 스스로 선택하고 참여할 수 있는 창의적인 놀이 환경을 만들고 싶었다.

연구부장이 밤을 새워가며 기획서를 작성해 교육청 지원 사업에 선정되었다. 기쁜 마음도 잠시, 지원 금액보다 계속 불어나는 공사비를 감당하기란 쉽지 않았다. 여러 어려움을 딛고 교구 정리함이 놓일 단단한 데크와 2층 트리하우스가 유치원 마당에 자리를 잡았다.

놀이 쉼터 공사는 한 달 걸렸다. 굴착기가 분주하게 움직일 때 유리창 너머로 관심을 가지던 아이들은 매일 앞마당을 살폈다.

"언제 나가 놀아요?", "이제 공사 끝났어요?", "저건 뭐예요?", "나무를 왜 잘라요?", "왜 이렇게 오래 걸려요?" 아이들의 눈망울에 호기심과 답답함이 가득했다.

용역 두 사람을 불러 바깥 놀이 교구를 씻었다. 큰 놀이 도구함이 다섯 개다. 깨지거나 낡은 교구는 버리고 새것으로 준비했다.

페인트칠을 다시 하고 그늘막도 손질하였다. 이제부터는 교사들의 손길이 바쁘게 움직여야 한다. 각 반별로 바깥 놀이 영역을 분담하였다. 놀거리를 즐기면서 준비하길 바랐다. 아이들의 생각 주머니도 열어 보고 함께 구성해 가는 놀이 쉼터가 되길 기대했다.

아이들은 변화를 잘 수용한다. 놀이는 스스로 결정하는 것을 배우며 생각하고 도전하는 것이다. 위험을 무릅쓰고 돌파할 에너지를 얻는다. 좋아하는 놀이를 하며 주체적이고 주도적으로 된다. 어린이의 세계를 지나온 원장도 까마득하지만 신나게 놀았던 유년 시절을 기억하고 있다.

놀이 쉼터 개관 행사는 오후 행사였지만 아이들은 등원할 때부터 들떠 있다. 지인에게 드론 촬영을 부탁했다. 유치원 앞마당 하늘에는 드론이 날아다닌다. "드론이다."라며 소리쳤다. 아이들의 눈길은 신기한 듯 드론을 쫓아간다. 부모님이 도착하였다. 아이들의 관심은 부모에게로 움직인다.

아이와 함께 놀아 주는 부모. 아는 분과 이야기하는 부모. 아이보다 더 신나게 놀이하는 부모. 그늘에서 지켜보는 부모. 늦게 도착하여 내 아이를 찾아 두리번거리는 부모. 놀이함을 열어 보고 구석진 통로까지 꼼꼼하게 살펴보는 부모. 편한 복장을 권유하였음에도 한껏 멋을 내고 구두를 신고 온 어머니. 바쁜 시간 짬 내어 '아이가 유치원 생활을 어떻게 하는지 궁금하다'라며 일하는 엄마 대신 오신 아버지. 신난 아이의 들뜬 표정.

인원 제한이 있는 트리하우스 2층 놀이 영역에서 "기다려야 한다."라며 어머니 손을 잡는 승원이다.

"여기는 목공 놀이하는 곳이야.", "이렇게 장갑을 끼고 해야 해." 어머니 께 놀이 영역을 꼼꼼하게 알려 주는 서영이. 모래놀이에서 길을 만드는 영우. 소꿉놀이하며 음식을 한 상 차린 수아. 캠핑 놀이 영역에서 바비큐 준비를 한다고 손길이 분주한 아영이다.

놀이 후 앞마당에서 부모님과 함께 인형극을 보았다. 악당이 나오면 알려 준다. "저기 뒤에 있어요."라며 소리친다. 동요도 부르고 즉석 마술도 참여한다. 아이들은 주저하지 않고 해 보겠다며 손을 번쩍번쩍 든다.

300명의 발자취가 담겼던 유치원 앞마당이 조용하다. 뒷정리하는 손길은 분주하다. 책상과 의자, 간식 접시를 안으로 옮기고 쓰레기를 분류한다. 앞마당 구석구석에는 추억과 사람들의 흔적이 고스란히 남아 있다.

놀이 쉼터 개관 행사 참관 후 소감 기록을 보았다. "놀이 시간이 짧아 아쉽다."라는 의견이 있었다. 대부분은 아이들이 잘 적응하는 모습에 안심했다는 이야기. 유치원에 대한 신뢰와 안전, 위생과 질서에 만족한다는 격려와 감사의 말이었다. 긍정의 평가 속에서도 부족한 점을 찾아 개선해야 한다는 책임감을 느꼈다.

참관 소감을 읽으며 보고 싶은 것만 보지 않으려 노력하였다. 한 발짝 물러나 바라본다는 것은 감정이나 편견을 내려놓고 상황을 있는 그대로 바라보는 일이다. 감정에 휘둘리지 않고 교육과 운영의 전반적인 의견을 살핀다. 부모님의 요구와 부탁 사항에 귀 기울인다. 객관적인 시선을 가지려고 노력하고 있다. 하지만 무엇보다 중요한 것은, 그런 과정에서 삶의 방향을 잃지 않고 마음의 중심을 잡는 일이다. 참관 후 전화나 문자로 피드백을 주고받으며 아이들에게 더 나은 환경을 만들어 가기 위해 애쓴다.

아이들의 마음 그릇 크기는 다 다르다. 마음에 담을 내용도 오롯이 그들의 몫이지만 아름답고 행복으로 가득 차게 안내하는 것은 어른의 책임이다.

2.

긍정과 신뢰 사이에서 길을 찾다

11월이다. 기온이 뚝 떨어져 춥다. 예비 학부모를 대상으로 입학설명회를 준비하고 있다. 해마다 신입 원아 모집을 할 때면 부모가 궁금하게 생각하는 것에 염두를 둔다. 마음으로 질문하며 방향을 찾아간다. 부모의 성향과 자녀교육의 초점도 각양각색이다. 시대의 변화에 따라 짧고 굵게 감동과 가치를 전달해야 한다. 유치원 운영 방향의 핵심 전달도 중요하다.

손님이 오면 집안을 정리하듯 유치원 실내외를 살펴본다. 간식과 음료도 확인한다. 교육 설명 PPT 총연습과 만 3세, 4세, 5세 결과물을 준비한다. 교사들은 유아가 활동한 교재와 영상, 제작한 브로마이드, 교구 등을 3층 강당에 전시했다. 마음 넉넉한 교육 밥상을 차렸다. 하나하나 가르치고 아이들이 활동한 학습 결과물이다. 음식을 준비할 때 정성 어린 손길이 스며있다. 교육활동도 마찬가지다. 중요한 것은 결과물보다 과정이다. 오늘 차려진 교육 밥상을 예비 학부모들이 잘 살펴봤으면 좋겠다.

아이들의 성장이 느껴진다. 1년, 2년 차이가 새삼 더 크게 마음에 닿는다. 자료들을 보면서 선생님의 수고에 감사했다. 놀이하는 사진 자료에서 아이들의 웃음소리가 들리는 듯하다.

아이들을 향한 보이지 않는 교사의 가르치는 마음은 더 중요하다. 차려진 교육 밥상 너머 보이지 않는 것까지 느끼는 입학설명회가 되기를 원했다. 정성으로 준비한 입학설명회다. 많은 사람이 왔으면 하는 바람이다.

입학 상담 전화가 해를 거듭할수록 빈도가 낮아진다. 출산율이 떨어지고 있는 것을 실감한다. 교무부장이 누리과정을 설명하고 방과 후 과정은 연구부장이 안내한다. 중간중간 질문을 하고 받기도 하면서 소통한다. 입학하면 다시 만나겠지만 다른 기관으로 간다면 오늘이 처음이자 마지막이 될 예비 학부모와의 만남이다.

입학설명회가 자긍심으로 느껴지는 순간 마음속에선 눈물이 난다. 애씀과 노력과 존중과 사랑, 갈등의 시간까지 교차하기 때문이다.

어려운 시기다. 아이들 수는 줄어들고 주변에서 문 닫는 유아교육 기관들이 많다. 학부모들은 유아교육 기관에 기대하는 바가 늘어나고 있다. 양육부터 교육까지 경계가 모호할 때도 있다. 무엇을 잘한다기보다 행복한 아이, 보람을 느끼는 교사, 신뢰하는 학부모가 많다면 좋은 유치원이라 생각한다.

지난해를 돌아보며 아이들이 행복하고 즐거워했던 일들을 살펴본다. 교사들이 보람 있었다고 전하는 내용을 이야기 나누었다. 학부모 운영위원회를 통하여 분기마다 피드백 받은 내용을 수정 보완하였다.

입학 설명을 아무리 잘해도 원하는 바가 다른 수요자는 쫓아갈 수 없다. 중요한 것은 마음이 오고 가는 시간이 되어야 한다. 신뢰감을 바탕으로 모두의 아이로 교육하고자 하는 진실함의 교류다. 일방적인 전달이 아닌 대화의 시간도 '슬라이도(slido)'라는 앱으로 즉석에서 질문을 받았다. 함께 참석한 부모들이 다른 부모의 질문을 통하여 정보를 서로 교환할 수 있다.

질문과 대화 속에서 그 맥락을 따라가다 보면 용기와 격려를 받는다. 주변에서 듣고 오는 입소문과 선택하게 된 동기를 물어본다. "아이들과 교사들의 표정이 밝아요.", "견학이 많아서 좋네요.", "교육활동이 체계적이라고 해요.", "무조건 좋다고 하네요.", "편안한 느낌입니다." 요약되는 답변에서 진심을 알아주고 있다는 생각이 들었다. 알아준다는 것, 그것이면 된다.

예전 원아 모집은 선착순 모집이었다. 새벽 시간 유치원 마당에 길게 줄을 섰다. 대기 번호표를 만들어 나누어 주었다. 예비 학부모들에게 따뜻한 차를 대접했다. 그 후 추첨으로 원아 모집 방법이 변경되었다. 3층 강당에서 추첨했다. 합격한 어머니와 탈락한 어머니의 웃고 우는 날도 이젠 추억이다.

2021년부터 유치원 입학관리 시스템 '처음 학교로'가 도입되었다. '처음 학교로'는 학부모 편의를 위하여 유치원에 방문하지 않고 온라인으로 입학 절차를 진행할 수 있는 시스템이다. 세월의 변화와 발전으로 컴퓨터나 휴대전화기, 모바일로 입학 신청을 할 수 있다.

그동안 입학생이 많고 적음에 안절부절하고 신경이 곤두서 있었다. 이제는 여유 아닌 확신이 드는 마음으로 내 길을 간다. 선택받은 만큼 그 선택의 가치를 빛나게 해야 한다는 사명감으로 흔들리지 않는 교육을 한다. 얼마 전 재원생 학부모를 상담했다. "아이가 토요일에도 유치원 가고 싶다 해요. 학습에만 치중하지 않고 놀이와 교육이 균형을 이루는 것 같아 좋아요."라고 어머니 몇 분이 비슷한 이야기를 하였다. 어머니들이 피드백해 줄 때 고쳐야 할 점과 교육 방향을 더 빨리 설정할 수 있다.

마지막 가을 단풍이 물들고 있다. 한 나무에서 자라도 저마다 크기와 모양과 색이 다르다. 아이들이 각기 다른 크기의 모양과 색깔을 제대로 나타낼 수 있는 교육을 하고 싶다. 빨주노초파남보 일곱 색깔뿐만 아니라 각자의 색깔로 큰 꿈을 가지는 아이들로 자라기를 바란다.

다양한 유아교육 시장이 형성되고 있다. 여러 업체에서 새로운 교구며 프로그램들이 쏟아진다. 시대의 변화가 급속도로 빨라지고 있다. 시스템의 변화도 한몫한다. 중요한 것은 현재와 미래에 필요한 경험과 교육의 장을 마련해 주는 것이다.

인생에서 가치란 무엇인가? 다른 이에게 도움 되는 일을 하고 있다는 자부심 아닐까? 또한 그 일을 즐기며, 하는 업에서 최선을 다하는 것이다.

열심히 하다 보니 저절로 표창장과 상도 따라왔다. 시범유치원과 여러 공모사업에 선정도 되었다. 교육장, 교육감, 교육부장관상까지 받았다. 할 수 있다는 의지와 해내었다는 긍정적인 결과이다.

유아교육에서 긍정과 신뢰는 유아의 전인적 발달을 돕고, 안정적인 교육 환경을 조성하는 것이다. 유아들이 세상을 탐구하고 자신의 잠재력을 발휘할 수 있는 든든한 기반을 제공한다. 교사는 아이들이 건강하게 성장하고 행복한 삶의 기초를 다질 수 있도록 돕는 중요한 역할을 한다. 긍정적인 태도와 신뢰는 교사와 유아, 학부모 간의 관계를 강화하며 유아들의 자신감과 행복감을 증진시킨다. 긍정과 신뢰 사이에는 간절한 마음이 있다.

3.

아이의 웃음에 내 마음이 웃는다

'네 바퀴로 떠나는 방방곡곡 독서 여행' 프로젝트를 2021년 11월 1일부터 시작했다. 코로나로 인하여 마음껏 여행을 떠나지 못했던 아쉬운 마음을 달래보기로 했다. 여행 가방과 각 지역 특산물 스티커, 독서 엽서, 우리나라 지도, 여행 가방 등 그림책 활동은 가정에서도 이루어질 수 있도록 시작하였다. 한 달 프로젝트다.

신나는 독서 여행 프로젝트를 기획한 L 원장의 창의력은 매번 흥미롭다. 우리 연구모임은 여섯 명의 유치원 원장으로 구성되어 있다. L 원장이 제안한 가정연계 독서 활동을 풀어나가는 방법은 유치원마다 다양하다. 그 다양함도 재미있다. 우리 유치원에서는 전국 22개 지역을 매일 한 도시로 떠나는 놀이로 진행했다. 이 기간에 아이들은 유치원 가방을 메고 오지 않는다. 미리 배부한 미니 여행 가방 안에 출석 수첩, 물통을 넣어 등원했다. 등원하는 모습은 마치 진짜 여행을 떠나는 아이들 같았다.

집에서 읽은 그림책으로 활동한 독서 엽서는 우체통에 넣는다. 간직할 수 있도록 북아트로 만들어 줄 계획이다. 먹거리, 즐길 거리, 볼거리, 체험 활동은 매주 이벤트로 구성하였다.

독서 여행 첫날은 울산이었다. 시작은 원장이 들려주는『아기 고래의 첫 여행』그림책 이야기로 출발하였다. 연계 활동으로 간식은 고래밥이다. 아이들의 즐거운 표정을 읽으면 참 행복하다.

"선생님 내일은 어디로 가요~?" 호기심에 가득 찬 질문을 한다. 코로나 시기라 견학은 엄두도 못 내고 있다.

"진짜 울산은 안 갔어요."라는 말에 마음이 짠하다. 당장이라도 달려가 바닷모래 사장에 맨발로 뛰어다니게 하고 싶었다. 영상을 아무리 잘 만들었다 해도 지식 전달일 뿐 아이들은 체험하기를 원한다.

그 체험을 요리 활동, 만들기 활동으로 달랬다.

프로젝트 2주 차가 되자 아이들의 기대는 더욱 커졌다.

도시마다 매일 다른 이야기가 기다리고 있었기 때문이다. 특히 전주 여행 날에는 인기가 높았다. 교사들은 앞쪽에는 '전주행 독서 여행' 뒤쪽에는 '안전하게'라고 쓴 어깨띠를 둘렀다. 버스 앞 유리에 여행하는 장소를 붙여 두었다. 어머니들은 "오늘 전주 여행 잘하고 와. 기념품도 사서 와."라며 호응해 주었다. 한옥마을과 전주비빔밥이라는 매력적인 키워드에 아이들과 학부모 모두 관심이 컸다.

　　　　　　　　　　　내 마음을 만나는 시간

유치원에서는 전주를 주제로 한 그림책『비벼, 비벼! 비빔밥』을 읽어 주었다. 점심 식단은 전주비빔밥, 간식으로는 아이들이 직접 만드는 수제 초코파이가 준비되었다.

여행 장소와 관련된 홍보 영상을 유치원에서 보았다. 그 지역을 알고 마치 실제로 여행을 다녀온 것처럼 간접경험을 했다. 특히 각 지자체에서 제공한 홍보 자료와 안내서는 교육적으로도 큰 도움이 되었다. 학부모들은 지역 특산물, 문화 유적, 먹거리 정보가 담긴 자료들을 보며 코로나 이후 여행 계획을 세우는 데 유익하다고 전했다. 전주의 먹거리 체험과 가정 활동 자료를 배부했다. 가정에서도 지도 꾸미기 활동을 통해 여행의 즐거움을 이어 갔다.

독후 활동은 책의 내용을 깊이 있게 들여다볼 수 있다. 책을 꼭 읽어야 하는 동기유발 방법으로 아이들이 좋아하는 스티커 활동을 했다.

3주 차에는 마스킹 테이프로 유치원 실내 1층에서 3층, 복도까지 아이들이 여행가는 길을 만들었다. 도시 이름과 그림책 표지를 준비하여 아이들이 찾아가고 만들어 가는 놀이였다. 상상만으로도 행복한 놀이가 아이들의 생각 미로를 따라다녔다. 무한한 가능성을 가진 아이들이다. 체험하고 활동하면서 유년 시절의 추억과 기쁨, 호기심이 맘껏 자랐으면 좋겠다. 이번 활동은 나도 덩달아 매일 재미를 느꼈다.

4주 차 때에는 아이들이 활동한 도시엽서를 작은 북아트로 제작하였다.

언제나 꺼내 볼 수 있도록 소중하게 보관했으면 좋겠다. 한 장 한 장 넘기며 장소와 책과 체험한 활동을 기억하길 기대했다. 그 속에는 교사들의 정성이 깃들어 있다. 따뜻함이 깃든 누군가의 배려가 우리를 성장시킨다. 어깨띠를 만들며 두르고 매일 장소를 바꾸어 띠를 만드는 귀한 시간이 소중하다. 아이들을 위하여 보이고, 깊어지는 활동을 위한 아이디어와 교사들의 다양한 검색에 감탄한다. 하나를 주면 둘, 셋을 확장하며 신나게 일하는 교사들이 있기에 감사하고 즐겁다. 관심을 쏟았던 시간만큼 마음을 얻을 수 있다.

'즐거워야 한다, 신이 나야 한다.' 이 원칙을 바탕으로 기획된 독서 여행 프로젝트는 코로나 시대에도 우리에게 색다른 방법으로 여행의 즐거움을 주었다.

여행을 떠나지 못했던 아쉬움을 책과 놀이로 채운 한 달. 그 시간은 모두에게 특별하였고, 아이들의 마음속에 잊지 못할 추억으로 남았다.

코로나로 어려웠던 시기, 여행을 잊고 지냈다. 독서 여행은 단순한 대리 만족 이상의 의미가 있었다. 책과 활동을 통해 여행의 설렘을 느꼈고, 새로운 장소와 문화를 알아가는 기쁨을 아이들과 함께 나눴다. 각 지역을 책과 활동으로 체험하며, 상상 속에서나마 전국을 여행하는 자유로움을 맛볼 수 있었다. 아이들에게는 여행이 곧 배움이었고, 부모에게는 새로운 지역 정보를 알아가는 기회가 되었다.

'네 바퀴로 떠나는 방방곡곡 독서 여행'이 모두에게 위로와 격려가 되었다. 책을 좋아하는 아이로 자라길 기대한다. 여행은 상상만으로도 모두를 즐겁게 하는 것 같다. 아이의 웃음 속에 나의 웃음도 묻어난다.

여행이란 단순히 공간을 이동하는 것이 아니라, 새로운 경험을 통해 마음을 넓히는 과정이다. 앙투안 드 생텍쥐페리(Antoine de Saint-Exupéry)는 "여행이란 새로운 풍경을 보는 것이 아니라, 새로운 눈을 갖는 것이다."라고 말했다. 우리는 이번 독서 여행 프로젝트를 통해 아이들에게 단순한 지식 전달이 아니라, 경험으로 배우는 즐거움을 선물하고 싶었다. 직접 떠나지 못하는 현실 속에서도 책과 놀이를 통해 아이들은 마음속에서 새로운 세계를 탐험했다.

독서는 가장 안전하면서도 가장 먼 곳까지 갈 수 있는 여행이다. 아이들은 책 속에서 각 지역의 문화와 자연을 만나며, 상상력을 키웠다.

어린 시절의 경험은 평생을 따라다닌다. 독서 여행을 하며 느낀 설렘과 호기심이 아이들에게 좋은 기억이 되리라 믿는다. 앞으로도 새로운 배움에 대한 두려움 없이 세상을 탐험할 용기를 가지길 바란다. 책 한 권이 한 사람의 인생을 바꿀 수 있듯이, 이 작은 경험이 언젠가 그들의 삶을 아름답게 변화시킬 씨앗이 되리라 생각한다.

4.

반복의 의미와 가치

3월이 되면 유치원은 다시 활기로 가득 찬다. 봄 방학을 마친 아이들이 한 뼘 더 자란 모습으로 등원한다. 예전에는 현관 앞에서 엄마 옷자락을 붙잡고 울던 아이들이 많았지만, 이제는 그 숫자가 줄었다.

그래도 여전히 몇몇 아이들은 새 환경이 낯설고 어색한지, 작년 내내 사용했던 신발장 앞에서 서성인다.

"어, 신발장에 내 이름이 어디 갔지?" 하는 어리둥절한 표정이다.

원장, 원감, 부장 교사가 당황하는 아이들의 손을 잡아 주며 진급 교실로 안내한다. 적응은 이해하고 스스로 해낼 수 있을 때 가능하다. 반복은 단순한 되풀이가 아니라, 아이들에게 익숙함과 자신감을 심어 주는 과정이다. 진급은 단순히 반이 바뀌는 일이 아니다. 아이들에게는 작은 도전이고, 새로운 공간으로 발을 내딛는 것이다.

새 교실 둘러보기, 이름표 붙이기, 교실 재방문, 신발장 자리 정하기, 진

내 마음을 만나는 시간

급 교실에서 놀이해 보기를 2월에 연습했다. 아이들이 체험만으로 충분히 익혔다고 생각했던 것은 어른의 관점이었다. 아이의 속도로 반복해야 했다. 아쉽고 미안한 마음이 남는다.

며칠 지나면 적응하겠지만, 내년에는 더 적극적인 반복을 해야겠다.

"원장님! 나 무슨 반인지 알아요?"라며 형님이 되었다는 사실에 뿌듯해하는 아이도 있다. 그렇지, 이제 너희도 형님 반이 되었지. 조금만 있으면 신입 동생들도 올 거야. 새로운 친구와 선생님을 만나, 또 다른 1년을 행복하게 지내자.

3월에는 기본생활 습관과 유치원 생활 규칙에 대해 배운다. 유치원은 즐거운 곳임을 알아갈 수 있도록 교원들은 마음을 모은다. 신규 교사도 새로운 일터에 적응하기까지 반복하며 연습하는 것이 필요하다.

원장은 가능하면 3월에는 관찰을 더 많이 하며 말을 적게 하려고 노력한다. 아이들과 교사가 서로에게 잘 적응하도록 도와주고 지원하는 역할이 원장의 몫이다.

"어떠셨나요?" 신규 교사에게 묻고 싶었다. 낯선 곳에서 시작한 유치원 생활이 어떠했는지. 배움과 보람, 만남의 소중함을 느꼈는지. 살아가면서 어디에 머무느냐도 중요하고 어떤 사람들과 생활하는지도 소중하다. 긍정으로 바라보면 모두가 스승이고 아주 작은 것에도 깨달음을 얻을 수 있다. 아이들, 선생님, 원장도 서로에게 적응하며 신학기를 열었다.

20여 년 유치원을 운영하며 신학기부터 사건 사고가 일어났던 때도 있었다. 버스 태우지 않은 일, 유치원에 있어야 하는데 버스 태워 버린 일, 다른 장소에 아이를 내려준 일, 아이가 다치는 일, 학부모 민원, 학원 챙겨 보내기 등 긴장의 연속이었다. 첫인상부터 구겨지면 1년이 불편하다. 서로의 소통이 필요하다. 이해할 수 있는 마음자리를 위해 학부모 상담을 3월 둘째 주부터 일찍 시작한다.

학부모와 교사가 얼굴을 마주 보며 집과 유치원에서의 생활 이야기를 나눈다. 아이의 성향과 학부모의 교육관, 유치원에 바라는 기대, 선생님께 원하는 바를 경청한다.

진급은 진급대로 신입은 신입대로 아이들은 적응을 잘해 나간다. 어른들의 걱정이 앞설 뿐이다. 믿고 기다려 주면 제 몫을 잘한다. 간혹 더딜 경우 그때는 교사가 도와주고 용기를 북돋우어 주면 된다. 할 수 있을 때까지 끈기 있게 반복 연습을 할 수 있는지가 중요하다. 반복의 과정에서, 알아가는 즐거움을 느끼는 아이들이 되었으면 좋겠다.

매일 조금씩 바꾸어 나가는 일이 결국 큰 변화를 만든다. 당장 내일도, 모레도 아닐 수 있지만, 시간이 지나면 어느새 멀리 와 있음을 깨닫게 된다. 크고 빠른 변화를 기대하기보다, 오늘 하루 작은 것 하나를 바꾸는 용기가 더 깊고 오래가는 변화를 이끈다.

매일 반복하는 활동이 있다. 첫째, 아침에 등원하면 2층 계단 올라가기 전이나, 1층은 교실 앞에서 매월 정해진 인사말을 큰 소리로 외친다. 매월 달라지는 인사말을 매일 한 문장씩 읽다 보면 외우게 된다. 하원 때에는 버스를 기다리며 동시와 동요를 함께 외운다. 그 후 한 줄로 서서 차례대로 '저는 ○○반 ○○○입니다.'라고 하며 원장과 손바닥을 마주친다. 반복할수록 아이들의 목소리가 커지고 발음이 조금씩 명확해진다.

'이름 말하기'는 아이들의 이름을 외우려는 의도로 시작했다. 실천하다 보니 자신감과도 연계되었다. 발음이 고쳐지는 효과가 있다. 그뿐 아니라 아이들의 표정까지 살필 수 있다. 변화된 아이의 모습도 알아차리고 대화를 나눈다. 아이들도 '예뻐요!', '파마했어요?'라고 원장의 머리 모양과 옷 입은 것을 말해 준다. "원장님 안경이 없어요?" 업무를 보다가 안경을 벗고 배웅 나왔는데 알아차린다. 두 손을 마주 잡고 짧은 대화를 하지만 몸 온도까지 가늠할 수 있다. 아이들과 마음의 거리도 좁혀진다.

둘째, 아침 방송을 한다. 잘 아는 동요를 우리말과 영어로 익힌다. 〈산토끼〉, 〈나비야〉, 〈친구〉, 〈개구리〉 등 널리 알려진 노래를 쉽게 받아들인다. 영어로 데일리 루틴 활동(날씨, 요일, 기분 말하기, 날짜 읽기 등)을 한다. 달력 숫자나 날짜를 1일부터 31일까지 영어로 하나씩 세는 활동이다. 데일리 루틴은 단순한 반복 활동이 아니라, 시간, 자연, 사람, 언어, 수학, 감정 등 다양한 영역과 연결되는 통합적 학습 기회이다. 아이들은 놀이처럼 참여한다.

동시도 외운다. 동시를 읽다 보면 일상의 소재를 따뜻하고 예쁘게 표현한 글을 만날 수 있다. 동시는 정서 함양에 꼭 필요한 유아 문학이다.

셋째, 아침 독서 10분이다. 교실 독서 코너에서 자율독서를 경험한다. 스스로 독서를 잘하도록 안내하기 전 3가지를 준비한다. ① 독서 알림 음악이 나오면 독서 코너에서 책을 선택한다. ② 음악이 멈추면 5~7분 동안 독서를 한다. ③ 종료 음악이 들리면 책을 제자리에 정리한다. 담임은 유아들에게 구체적인 지침을 알려 준다. 유아 독서공간에서 자율독서를 시작할 때 활동하는 방법을 정확하게 들려 준다. 매일 지침을 잘 알고 활동하는지 관찰한다. 반복해서 말하면 독서 자세가 바로잡힌다. 이 독서 자세는 평생 학습 자세로 이어질 수 있도록 주의 깊게 살핀다.

아이들의 성장을 위해서는 지속적인 반복과 끊임없는 도전 사이의 조화로운 조합이 필요하다. 편안함에서 벗어나 낯선 환경으로 걸어간다는 것은 힘들다. 스스로 선택하고 행동으로 옮길 때는 즐거움으로 다가온다. 유아들도 유치원에서 생활하는 시간이 재미있고 친근한 관계이기를 바란다. 교사들은 사랑으로 가꾸어 주고, 유치원은 쾌적한 환경을 만들어 아이들의 꿈이 커가도록 다듬는다.

우리의 삶도 마찬가지다. 하루하루 반복되는 일상을 살지만, 그 속에서 선택할 수 있다. 아이들이 유치원에서 새로운 환경을 익히듯, 어른들도 성장하기 위해 끊임없이 반복하고 연습해야 한다. 중요한 것은 변화를 두려워하지 않는 것, 그리고 그 과정을 즐기는 것이다. 반복 속에서 우리는 더 나은 자신이 되어 간다.

5.

마음이 모이면 하나가 된다

매주 행사나 체험, 견학, 교육과정, 바깥 놀이가 끝나면 다음 해야 할 일을 회의한다. 준비할 것과 구매할 것, 참고 자료 검색하기, 안전 지도 등 허투루 보낼 일은 없다. 슬라이드쇼처럼 지나가는 날들이지만 그 틈새에는 교사들의 숨은 노력이 녹아 있다.

모든 일에서 사전 준비와 사후 평가는 아이들의 관점으로 바라보는 것이 중요하다. 마음도 그러하다. 상대방의 처지에서 생각하는 것. 원장의 마음은 교사를 향해 열려 있어야 하고 교사의 마음은 아이들을 향해 있어야 한다. 바쁘고 해야 할 일들로 귀 기울여 듣지 못하고 스치고 지나가지 않아야 한다.

하루를 충실하게 보내면 누적된 활동들은 여러 결과물이 된다. 그 결과물은 경험이고 나만의 필살기가 된다. 1가지 활동을 하더라도 아이들의 생각을 잘 풀어나가는 교사에게 많이 배운다. 이런 교사는 아이들과 마음이 닿아 있다. 사랑과 신뢰가 쌓여있음이 느껴진다.

하원 시간, 교무실에서 학원 버스를 기다리며 아이들이 유치원 행사 앨범을 보고 있었다.

"미정아, 이 선생님 알아? 이 선생님 진짜 착해."

"응, 맞아. 착해."

곁눈질로 사진을 보았다. 아이들의 착하다는 그 말을 어떻게 해석해야 할까? K 교사는 말하는 방법부터가 다르다.

"제가 학부모님이랑 통화할 일이 있는데 먼저 하고 나서 원장님을 도와 드려도 될까요?" 자신의 해야 할 일을 상대방에게 알리고 기다릴 여유를 준다. 담임으로 할 일도 많은데 나까지 다른 일을 부탁하는 것이 오히려 미안한 대답이다.

유난히 에너지 넘치는 아이를 돌볼 때, 수고한다는 말을 전하면 "마음을 힘들게 하는 아이지만 최선을 다해 내 편으로 만들어 볼게요."라고 하였다. '내 편!' 단순히 아이를 다루겠다거나 관리하겠다는 뜻이 아니라, 진심으로 관계를 맺고 마음을 함께하고 싶다는 깊은 의미가 담겨 있다. 연수를 다녀오면 "저에게 배울 기회를 주셔서 감사합니다. 아이들에게 적용해 보겠습니다."라고 한다. 말로 천 냥 빚을 갚는다지만 K 교사는 행동으로도 천 냥을 갚고 남는다.

행사 때마다 필요한 물건을 찾아야 하는데 그 물건을 찾지 못하는 일이 빈번했다. 그런데 L 교사는 필요한 물건을 매번 잘 찾아왔다.

"선생님, 아무도 못 찾았는데 어떻게 찾아오셨어요?"

"꼭 찾고자 하는 마음이면 어디에 있던 누구나 찾을 수 있습니다."

순간 부끄러움에 얼굴이 확 달아올랐다. L 교사에게 작은 것 하나에도 최선을 다하는 것, 꼭 찾겠다는 신념을 실천하는 마음가짐과 태도를 배웠다. 물건을 찾을 때도 풀리지 않는 어떤 문제에도 절실함의 법칙으로 다가가는 것이다.

절실했다. 절실하다는 말은 느낌이나 생각이 뼈저리게 강렬한 상태에 있다는 것을 말한다. 간절하다는 것보다 더 강한 느낌이 절실이다. 이런 절실함으로 유치원을 개원하고 어떻게 아이들을 가르칠 것인지, 가르치는 교사는 어떠해야 하는지 유치원 운영에 매 순간 고민을 했다.

서류부터 체계화했다. 업무 매뉴얼을 만들었다. 일의 보고 체계를 확실하게 하였다. 관찰을 중요하게 생각했다. 교사들에게 업무 분담과 공유해야 할 내용과 배부되는 통지문을 꼼꼼하게 이해하도록 부탁했다.

늘 처음 마음처럼 절실함을 잃지 말아야 하였다.

5~6세 아이들이 6~7세로 진급하면 유독 지난 선생님에게 애착을 보일 때가 있다. 일 년 동안 정이 들었겠지만 등원할 때나 하원 할 때 안고 매달리는 모습에서 깊은 마음의 정을 알아차릴 수 있다.

J 교사는 온화한 카리스마를 지녔다. 특별한 관심이 필요한 아이의 행동을 변화로 이끈다. 감정을 앞세우지 않고 아이 한 명, 한 명을 존중해 준다. 교사가 아이를 존중해 준다는 것은 단순한 예의나 겉으로 드러나는 태도 이상이다. 온전한 존재로 받아들여지고 있다는 깊은 신뢰이다. 아이의 이야기를 들어주고 감정을 인정해 준다는 뜻이다.

모두가 똑같이 움직이길 강요하지 않고, 각자의 속도와 방식, 개성을 인정해 주는 J 교사다. 혼내기보다 선택권을 주고, 나무라기보다 다시 시도할 수 있게 기회를 준다.

존중받는 아이는 다른 사람도 존중할 줄 알게 된다. 교사에게 존중받은 경험은 고스란히 친구에게, 가족에게 흘러간다. 결국 존중은 한 사람의 자존감에서 시작된 사회성의 뿌리가 된다. J 교사는 그렇게 아이들을 만나고 있다.

학부모도 담임을 무한 신뢰한다. 아이들은 주말에도 "선생님 만나러 유치원 가야 해."라고 말할 만큼 교사를 따른다. 교사가 아이들의 마음을 얻듯, 원장 또한 교사를 깊이 신뢰할 수 있어야 한다. 서로 신뢰받는 자리를 지키려면 언제나 마음의 중심을 단단히 세워야 한다.

부산으로 교사 연수를 가는 버스 안에서 어느 원장님이 물었다.

"저 교사 몇 년 차예요?"

"왜요? 2년 차 교사예요."

"교사들과 교실에서 지냈던 대화를 하는데 굉장히 긍정적이고 아이들 이야기로 얼굴에 웃음과 행복감이 넘쳐나 보여 참 예쁜 유치원 선생님이라 탐나네요."

B 교사는 항상 아이들이 우선이었다. 조리사는 급식 후 그릇을 제일 늦게 가져온다고 타박하였지만, 밥 먹는 것까지 정성으로 지도했다. 누구보다 사랑으로 아이들을 보듬어 주었다.

B 교사는 6세 반을 맡고 있었다. 어느 날부터인가 그 반 한 여자아이가 유치원 물건을 집으로 가져가거나 친구들 물건 중에 탐나는 것이 있으면 몰래 가방에 넣었다.

교사의 가르침과 부모님의 타이름에 일시적으로 멈추었지만 재발하는 상황이 빈번했다. 어느 날, 유치원 물건을 가방에서 발견한 B 교사는 그 아이를 안고 엉엉 소리 내 울었다. 안타깝고 걱정되는 마음이 컸을 것이다. 그 아이만을 위하여 울고 있는 교사의 진심이 느껴졌다.

아이도 울고 교사도 울고 원장도 울고….

4학년이 된 아이는 B 교사를 찾아 엄마랑 함께 유치원을 방문했다. B 교사는 이직한 후라 만나지 못했지만, 누군가 자기를 위하여 진심으로 울어 주던 그 순간을 기억하고 있음이 분명하였다.

선생님이 아이를 진심으로 사랑하며 관심을 기울이고 자신의 마음을 기꺼이 내어 주는 일은 아이들 내면의 변화 가능성을 믿는 사랑의 힘이다.

교사가 근무하고 있는 곳에 만족하지 못한다면, 일의 중심이 흔들리는 일이다. 학부모는 담임을 통해서 우리 원을 먼저 경험하게 된다. 문의 사항에 대한 답변, 단순 응대, 상담, 교육 등 중간 관리자와 함께 그 역할은 크다. 원장이 리더의 중심에서 진심으로 격려하고 근무 환경을 만들어 주는 것, 하는 일에 대한 가치를 높이는 일은 원장의 일이다. 교직원과 한마음이 된다는 것은 유치원 운영의 중요한 출발점이다. 유치원의 성장은 개인이 아니라, 모두가 함께할 때 이루어진다. 서로의 가치를 인정하고, 같은 방향을 바라볼 수 있어야 한다. 신뢰를 쌓아가는 과정에서 한마음이 될 때, 유치원은 아이들에게, 교사들에게, 그리고 원장에게도 사랑스러운 배움터가 될 수 있다.

6.

작지만 단단한 기본의 힘

신입생 1차 오리엔테이션 날, 바쁜 하루를 예상하며 서둘러 출근 준비를 했다. 차에 올라 시동을 거는 순간, 우측 백미러가 내려가 있는 것이 눈에 들어왔다. 몇 주 전, 누군가가 백미러를 치고 지나간 이후로 자동 조정이 되지 않았다. 손으로 맞추고 다시 운전석에 앉았는데, 이번에는 엔진 경고등이 켜졌다. '정비 업소에서 점검하십시오.'라는 경고 문구까지 뜨자 당황스러웠다. 시동을 껐다가 다시 걸어봐도 같은 상태였다. 결국 남편에게 연락해 차를 바꿔 타기로 했다.

남편이 내려오는 동안 휴대전화로 '엔진 경고등'에 대해 검색했다. 일시적으로 운행은 가능하지만, 장기간 방치하면 차량 성능 저하와 연비 악화가 발생할 수 있다고 했다. 남편은 아무렇지도 않게 "차 예열을 충분히 하고 다시 걸면 괜찮아질 거야."라고 말했다. 시동을 끄고 기다렸다가 다시 걸자, 경고등이 사라졌다. 추운 날씨에 예열하지 않고 시동을 걸어서 그런 것 같았다.

자동차를 예열해야 하듯, 사람 관계에도 기본이 필요하다.

지난 진급 오리엔테이션 날이 떠올랐다. 사전 신청자 65명 중 47명이 참석했다. 기온이 떨어진 탓인지 불참자가 많았다. 따로 연락이 없었다. 어떤 사정이 있을지 궁금했고 걱정도 되었다.

이날 초청한 K 교수는 부산에서 올라와 '아이의 자존감을 높이는 부모, 자녀 관계 만들기'라는 주제로 강의를 진행했다. 따뜻하고 깊이 있는 강의였다. 많은 사람이 함께했다면 좋았겠다는 아쉬움이 남았다.

오리엔테이션을 준비한 교사들도 여러 날 정성을 들였다.

PPT를 만들고, 강사 섭외를 확인하고, 행사장을 정리하고, 명단을 점검하며 분주하게 움직였다. 참석한 학부모에게 감사의 마음을 전하고자 준비한 유기농 달걀 기념품은 예상보다 많은 수량이 남았다. 유통기한이 짧아 급하게 추첨을 통해 참석한 어머니에게 더 많이 나누어 드렸다.

어떤 자리든 함께하기란 쉬운 일이 아니다. 각자의 사정이 있고, 돌발변수도 생기기 마련이다. 하지만 이런 일이 반복될수록 사전 연락이 큰 배려가 된다는 걸 다시금 느끼게 된다.

겨울방학과 여름방학의 돌봄 운영도 마찬가지이다. 방학은 아이들에게는 기다려지는 시간이지만, 맞벌이 가정에는 또 다른 고민이 시작되는 시기이기도 하다.

"아이들이 방학하면 엄마는 개학이다."라는 말처럼, 아이를 안심하고 맡길 수 있는 돌봄이 절실한 가정이 많다.

유치원에서는 학부모의 부담을 덜어 드리기 위해 방학 돌봄을 운영한다. 신청자 수에 맞춰 교사 배정과 활동 계획, 급식을 준비한다. 하지만 예상보다 적은 인원이 등원하면서 급식이 남거나 교사 배치와 근무에 차질이 생긴다. 물론, 가정의 사정은 언제든 달라질 수 있다. 아이가 갑자기 아프거나 예기치 못한 상황이 생긴다. 가능한 한 변경 사항은 미리 알려 주고, 신청 시에는 신중하게 결정하길 바라는 마음이다.

기본을 지킨다는 것은 단순한 예의 그 이상이다. 서로에 대한 배려이며, 함께 살아가는 사회에서의 작은 약속이자 신뢰이다. 아이들을 위한 좋은 환경은 교사와 학부모, 유치원이 함께 만들어 가는 것이다.

신뢰는 강요할 수 있는 것이 아니다. 서로가 믿고 따를 수 있는 분위기를 만드는 것, 그것이 기본을 지키는 일이다. 기본이란 어렵고 거창한 것이 아니다. 작은 것을 꾸준히 실천하는 일, 당연한 것을 끝까지 지켜 내는 힘이 바로 기본이다. 기본을 갖춘 교사, 기본을 익힌 아이, 기본을 지키는 운영이 유치원을 더 건강하게 만든다.

유아교육 현장에서도 기본은 중심을 잡는 키워드다. 아이들에게는 기본 생활 습관을, 교사들에게는 교육자의 태도를, 원장에게는 운영의 원칙이 필요하다. 기본이란 작지만 지속적인 실천이며, 익숙하다고 흘려보내지 않고 끝까지 지켜 내는 힘이다.

생각이 행동을 바꾸고 행동이 습관을 바꾸고 습관이 운명을 바꾼다는 말이 있다. 유아기부터 잘 들여진 습관은 살아가는 데 필요한 밑거름이 된다.

'나는야! 무엇이든 척척 대장' 프로젝트는 유아의 기본생활 습관을 돕기 위한 프로그램이다.

인사 대장, 정리 대장, 친절 대장, 스스로 대장이라는 주제로 그림책, 활동지, 스티커 붙이기, 만들기 자료를 활용해 기본생활을 익힌다.

습관은 하루, 이틀에 이루어지는 것이 아니다. 관심과 칭찬, 격려와 꾸준한 실천이다. 실천을 돕기 위해 교사들은 수업 전, 습관 만들기 실천을 확인한다. 귀가 전에는 실천할 행동 습관을 안내한다.

인사하는 태도와 정리하는 일, 혼자서도 잘할 수 있는 과정을 통해 작은 약속을 지키는 기쁨과 성취를 아이들이 얻을 수 있도록 돕는다.

아이들에게 기본생활 습관을 가르치는 것. 원장이 운영의 원칙을 세우는 것도 결국 기본이 제대로 잡혀 있어야 가능하다.

교사에게도 기본은 중요하다. 아이를 대하는 태도, 학부모와의 소통 방식, 동료와의 협력 모두 기본에서 출발한다. 아무리 좋은 교수법을 배워도, 기본적인 태도가 없다면 교육은 그 효과를 잃는다.

유치원은 혼자 운영하는 공간이 아니다. 신규 교사가 조직에 잘 적응할

　　　　　　　　　　　내 마음을 만나는 시간

수 있도록 선배 교사의 손길이 필요하고, 기본을 갖춘 운영이 흔들림 없는 유치원을 만든다. 문제가 발생했을 때도 마찬가지다. 사고, 민원, 갈등이 생겨도 기본으로 돌아가면 해결의 실마리는 반드시 있다.

'기본'은 결국 유치원 교육의 뿌리이자 줄기이다. 기본이 잘 갖춰져 있을 때, 아이는 더 건강하게 성장하고, 교사는 안정감 있게 수업하며, 유치원은 성숙한 공동체로 나아갈 수 있다. 오늘도 기본을 지키는 일에 마음을 다한다.

7.

마음 안의 보물찾기

부모는 자식에게 물려주고 싶은 것이 참 많다. 남부럽지 않은 재산, 좋은 직장, 학력, 남들에게 존경받을 만한 인품, 무병장수할 수 있는 건강까지 자식에게 느끼는 사랑은 조건이 없다. 하지만 이 조건들에 우선순위를 매긴다면 사정은 좀 달라진다. 과연 우리는 어떤 우선순위를 매기게 될까? 우선순위를 매기기 어려울 것이다. 인품이 훌륭한 사람, 건강한 사람, 돈이 많은 사람, 학력이 높은 사람이라도 1가지 조건만으로는 온전히 행복하다고 말할 수 없을 것이다.

학부모를 대상으로 '내 아이의 장점 찾기'를 했다. 형식은 자유롭게 하고 50가지 장점을 중복 없이 적도록 하였다. 부모는 아이를 가장 잘 알고 있다 생각하겠지만 막상 질문하면 무엇을 잘하고 무엇을 좋아하는지 서너 개 이상 대답하기 힘들어하는 경우가 있다.

‘내 아이 장점 찾기’ 활동은 단기간 프로젝트가 아니라 한 달이다. 시간을 두고 우리 아이가 정말 잘하고 좋아하는 것을 찾아 기록한다. 부모가 아이를 사랑하고 배려하는 마음이 깊어질 수 있는 활동이다. 부모가 아이의 장점을 적극적으로 찾아 주고 격려하는 것은 중요하다. 아이의 자존감과 자신감을 키우고, 긍정적인 행동을 강화한다. 건강하고 행복하게 성장하는 데 큰 도움이 될 수 있다. 장점을 한 개 한 개 찾을 때마다 훗날 힘들고 고단한 일이 생길 때 부모와 아이의 든든한 동아줄이 될 것이다. 이 프로젝트를 시작으로 내 아이를 바라보는 긍정의 시각을 평생 지속하길 원했다. 프로젝트 후의 결과를 발표했다.

- 항상 속만 썩인다고 생각했는데 존재 그 자체만으로도 너무 감사했어요.
- 처음에는 적을 것이 너무 없어 ‘언제 50개를 어떻게 적나?’ 했는데 아주 기본적인 것부터 찾으니 100가지도 넘겠더라고요.
- 잊고 있었던 아이의 장점에 눈뜨게 해 주어 감사합니다.
- 잘하는 것을 칭찬하는 것보다 부족한 것을 찾아 질책이나 야단치기에 급급했어요.
- 내 아이를 객관적으로 본다고 생각했지만, 굉장히 주관적인 입장에서 바라본다는 것을 느꼈어요.
- 내 아이를 더 잘 키우고 싶다는 욕심에 단점을 고치려고 압박하고 있었어요.

- 이 프로젝트 후 당연한 것도 아이의 장점이라 생각하는 전환점이었어요.
- '부모인 내가 먼저 내 아이의 장점을 잘 봐주지 않는데 누가 사랑하고 인정해 줄까?' 하고 반성했어요.
- 앞으로 더 많은 장점을 찾아보고, 더 많은 관심과 사랑을 줘야겠다고 생각했어요.
- 단점보다 아이의 장점에 집중해야겠어요.

소감을 발표할 때 목이 메어 말을 잘 잇지 못하던 어머니까지 이 작은 프로젝트는 감동이었다. 지금 내가 어떤 생각을 하느냐에 따라 아이의 미래는 충분히 달라질 수 있다. 부모는 자녀의 장점을 기본으로 제대로 이해하여야 한다. 자녀의 장점을 볼 줄 아는 사람이 부모 자신의 장점도 발견할 수 있다.

우리의 잠재의식 속에 내가 나를 바라보는 이미지와 아이를 바라보는 관점을 바꿔야 행동도 바뀔 것이다. 소소한 일상에서부터 아이의 마음에 꽃이 활짝 필 수 있도록 노력해야 한다.

누구든 숨은 잠재력이 있다. 애덤 그랜트(Adam Grant)『히든 포텐셜』이 책은 잠재력을 실현하는 방법에 관한 이야기이다. 저자는 '성장은 우리가 타고났다고 믿는 재능이나 자질보다 스스로 자신을 어떻게 키우고 개발하는가에 달려 있다.'라고 말한다.

　내 아이의 장점을 찾는 이유는 첫째, 자존감과 자신감 향상이다. 아이들이 자신의 장점을 인식하면 자존감과 자신감이 향상된다. 이는 아이들이 도전에 맞설 때 긍정적인 태도로 접근하게 하고, 실패를 두려워하지 않게 만든다. 둘째, 긍정적 행동을 강화한다. 아이의 장점을 칭찬하고 강조하면 그 행동을 반복하게 되는 경향이 있다. 이는 아이가 긍정적인 행동을 지속해서 실천하도록 유도한다. 셋째, 문제 해결 능력이 향상된다. 아이의 장점을 찾아 주면 아이가 자신의 강점을 활용하여 문제를 해결하는 방법을 배우게 된다. 아이의 창의성과 문제 해결 능력을 높여준다. 넷째, 부모와 아이 사이의 유대 강화를 이룬다. 부모가 아이의 장점을 인정해 주면 부모와 아이 사이의 유대가 강해진다. 아이가 부모에게 신뢰감을 느끼게 하고, 긍정적인 관계를 형성하는 데 도움이 된다. 다섯째, 아이의 장점을 일찍 발견하고 발전시키면 아이의 진로와 미래 발전에 큰 도움이 된다. 아이는 자신의 강점을 바탕으로 꿈과 목표를 설정하고 이를 이루기 위해 노력한다.

　열망은 당신이 되고자 하는 사람이다. 중요한 것은 얼마나 열심히 하느냐가 아니라, 그 과정에서 얼마나 성장하느냐다. 일을 미루는 이유를 '게으름' 때문이라 생각한다. 그러나 심리학자들은 '미루기'는 시간 관리의 문제가 아니라 감정 관리의 문제라고 말한다. 감정 관리의 부족이야말로 보이지 않는 복병이며, 이를 다루는 능력이야말로 우리가 성장하기 위해 마주해야 할 과제다.

잠재력의 비밀 코드는 멀리 있지 않다. 그것은 바로 지금 내 안에서, 나의 품성과 기량을 키우려는 노력 속에 숨겨져 있다. 우리는 자신에게 코치가 되어야 한다.

부모로서 아이를, 교사로서 유아를, 운영자로서 교직원을 더 나은 방향으로 이끌기 위해, 마음 안의 보물을 찾아 역량을 끌어올려야 한다.

무엇보다 중요한 것은 '기회'다. 누군가 문을 두드려 주기를 기다리는 것이 아니라, 내가 기회를 맞이할 문을 먼저 만들어야 한다.

내 안의 보물을 찾듯 가능성이라는 씨앗을 발견하고 키워야 한다. 그때 비로소 우리는 열망하던 사람이 되어 간다. 교육은 결국 사람을 향한 길이고, 그 길은 나 혼자가 아니라 더불어 걸어야 완성되는 길이다.

8.

천천히 맞춰 가는 퍼즐처럼

유아 음악 수업 시연을 한다고 가깝게 지내던 원장님 몇 분과 인근 J 유치원을 방문하였다. 새로운 유치원 교구를 소개받는 자리이기도 했다. 여러 종류의 교구들이 유치원 강당 한쪽에 펼쳐져 있다. 유아 교구와 용품을 살펴볼 수 있어 좋았다. 잠재된 가능성을 자발적으로 펼치게 하려면 놀잇감은 필요하다. 적절한 교재 교구를 통하여 또래와 사물의 상호작용이 자연스럽게 일어날 수 있다. 유아들이 눈으로 보고, 손으로 만져보는 구체적인 교재 교구는 중요하다. 시대의 방향을 쫓아 캠핑 놀이 교구도 있고 감각적인 발달을 도울 수 있는 놀잇감이 많았다. 교구 몇 종류를 구매하였다. 아이들의 즐거운 표정을 상상하니 기분이 좋았다. 놀이 방법을 소개받는 동안 음악 수업을 위한 세팅이 시작되었다.

'유아 드림' 수업을 준비하는 손길이 분주하다. 유아가 연주하기 쉽고 다른 색깔의 소리를 하나로 모으는 특별한 수업이었다. 가정과의 연계, 콘텐츠 활용법, 드럼연주 방법까지 시연하였다.

3D와 콘텐츠가 탄탄하고 드럼 크기와 모양도 유아들에게 적절하였다. 특허출원과 KC 안전 인증을 받은 프로그램이었다. J 유치원 아이들은 처음임에도 불구하고 집중하며 드럼 연주를 잘 따라 하였다.

그런데 지도하는 남자 강사의 마스크 너머 눈빛이 어디선가 본 듯하다. 맞다. 교수 시절 가르쳤던 유아교육과 유일한 남학생 W였다. 20년 만의 만남이었다. 수업이 끝난 후 조심스럽게 다가갔다. W도 나를 보고 놀란 듯했다. 마스크를 내리고 서로를 확인하는 순간, 반가움이 밀려왔다. 그는 이제 사십 대 중반, 한 가정의 가장이자 유아교육 프로그램을 운영하는 대표가 되어 있었다.

동료 원장들은 오랜 세월이 지났는데 어떻게 한눈에 제자를 알아볼 수 있느냐고 대단하다 했다. 98학번에 한 명뿐인 유아교육과의 남학생이었다. 누구보다 열심히 수업에 참여했고 과 대표를 하였다. 유아, 학부모, 유아교육과 학생 등 4인으로 구성한 팀이 전국동화구연 대회에 출전하여 '대상'을 받았다. 부설 유치원 교실에 함께 모여 연습하던 모습이 생각났다. 대회 날, 무대 위에서 구현할 때 마음 졸이며 조마조마했던 장면들이 떠올랐다.

중년의 나이지만 동안(童顔)이었고 변함없는 선한 눈빛이 세월을 뛰어넘었다. 유아교육이라는 같은 길을 걷다 보니 언제 어디서 무엇이 되어 다시 만나자는 약속은 없었지만 우연한 만남이 이루어졌다. 열정을 다했던 대학교수 시절 W는 이십 대, 나는 사십 대에 만난 인연이 사십 대, 육십 대가 되었다.

나이 듦이란 무엇인가? 라는 질문을 어떻게 나이 들고 싶은가? 로 바꾸어 본다. W와 만남으로 세월을 실감했다. 다양한 유아교육 시장에서 얼마나 애쓰고 살았을까? 그동안 열심히 살아 낸 흔적을 W에게서 느꼈다. 따뜻한 밥 한 그릇이라도 사 주고 싶었는데 선약이 있다고 했다. 우리 유치원으로 꼭 찾아오겠다며 악기를 정리했다.

누군가 '늙어 가는 것이 아니라 익어 가는 것'이라 노래하였다. 익어 간다는 것은 뜸 들일 시간이 필요하다는 것 같다. 뜸 들인다는 것이란? 절로 무르익도록 서두르지 않고 한동안 가만히 둔다. 혹은 어떤 일이나 말을 얼른 하지 않고 사이를 두거나 머뭇거린다는 뜻이다.

오늘 이 '뜸 들이다'가 가슴에 훅- 와 닿는다. 밥도 뜸을 잘 들여야 제맛이 난다. 설익은 밥과 설익은 음식은 제맛을 잃어버린다. 그동안 설익은 삶으로 맛난 체하며 살았다. 이제는 뜸을 들이고 발효되고 숙성된 삶으로 제맛을 충분히 내며 살고 싶다. 또 아는가? 언제 어디서든 옛 제자와 우연히 마주칠 때, 늙어 가는 사람이 아니라 익어 가는 사람이면 좋겠다. 한마디 말이라도 진중하게 건넬 수 있는 어른이면 더 좋겠다. 우리의 성장은 타고난 재능보다 스스로 얼마나 끊임없이 배울 수 있느냐에 달려 있다.

제자 W도 20여 년 동안 유치원 교사, 대학 시간강사를 하며 유아 체육 수업과 유아 음악 교육의 다양한 길을 걸으며 성장하였다.

　우리 유치원에서는 7세 아이들은 하모니카, 6세는 실로폰, 5세는 핸드
벨을 배운다. 매주 전문 강사가 방문하여 수업을 진행한다. 졸업 후에도
아이들이 악기를 연주하는 경험을 간직하길 바라는 마음에서 운영하는 프
로그램이다.

　음악은 아이들의 감성을 풍요롭게 만들고, 표현력을 기르는 중요한 교
육 요소다. 어린 시절부터 음악에 대한 기본적인 소양을 길러 주면 더 행
복한 아이로 자라리라는 기대감이 있다.

　졸업생 부모는 초등학교 장기자랑 시간에 하모니카 연주를 할 수 있게
가르쳐 주어 감사하다며 악보를 부탁하기도 한다. 어떤 학부모는 친척 모
임에 연주하여 용돈을 두둑하게 받기도 했단다. 모두 긍정의 피드백이다.
가장 중요한 것은 아이에게 할 수 있다는 자신감과 음악이 생활 속에 항상
존재하기를 바라는 마음이다. 사람은 보고 듣는 것으로 이루어지는 존재
라 한다. 그중 음악은 아이에게 들려주는 미래다.

　7세 유아들이 코로나 시기에 마스크를 벗고 입으로 부는 하모니카를 연
주하기 조심스러운 시기였다. 다른 대체 수업을 찾던 중 유아 드럼 시연
수업에 참관하러 갔다가 제자를 만난 것이다. 우리의 인생은 하나씩 퍼즐
을 맞춰 가는 과정이다. 때로는 길을 잃기도 하고, 예상치 못한 우연한 만
남이 큰 의미가 되기도 한다.

아이들은 드럼을 흥미 있어 했다. 2023년에는 동영상 드럼 대회에서 1위를 했다. 담임들의 드럼 교육에 대한 열의가 대단했다. 항상 새로운 교육이 도입될 때마다 교사들이 부담되는 건 사실이다. 그러나 교사들은 긍정의 마음으로 아이들의 스트레스 해소와 리듬교육에 도움 된다며 가르침에 적극적이었다.

유아 드럼에 대해 호기심을 갖고 배우려는 자세는 필요하다. 변화를 두려워하지 않고, 유연하게 받아들일 수 있는 교사의 적극적인 태도가 중요하다. 우리의 인생 퍼즐 답안지에 처음부터 끝까지 퍼즐을 하나둘 맞추어 나가는 것처럼 조금 힘들고 벅차더라도 실행해 보는 거다. 그 실행에 앞장서는 선생님들이 항상 고맙다.

우리 선생님도 후일 우연한 자리에서 제자를 만난다면, 그 순간이 흐뭇한 미소로 기억되기를 바란다.

교육은 단순히 가르치는 일이 아니라, 아이들의 가능성을 믿고 기다리는 과정이기도 하다. 우리가 오늘 아이들에게 전하는 관심과 격려가 훗날 그들의 삶을 더 단단하게 만들어 줄 것이다.

교육은 퍼즐처럼 조각조각 이어지는 삶의 여정이라 생각한다. 오늘 우리의 노력과 진심어린 말 한마디가 아이들의 미래를 이어 주는 퍼즐이 된다.

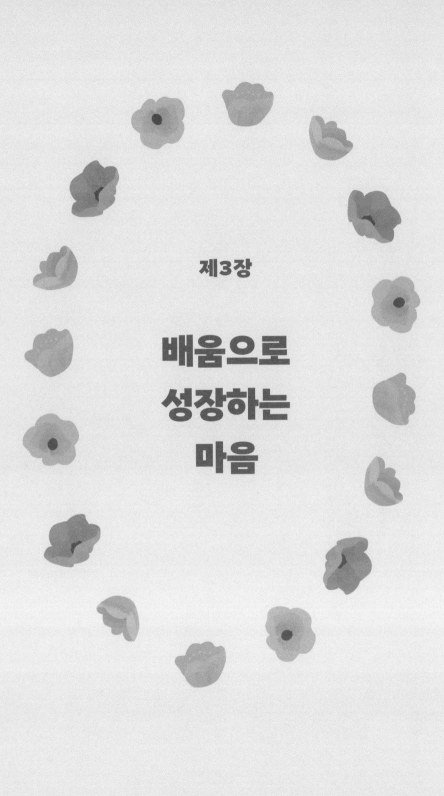

제3장

배움으로
성장하는
마음

1.

마음에 남는 기록, 마음을 키우는 디테일

아이들의 놀이와 일상을 관찰하고 기록하는 편리한 앱을 소개받았다. 초 · 중 · 고 대학생, 일반인까지 '패들렛(Padlet)' 앱은 널리 알려진 것 같다. 사용 방법을 몰라 검색해 보았다. 패들렛은 온라인에서 다양한 형태의 콘텐츠를 공유하고 협업할 수 있는 디지털 게시판이다. 사용자는 텍스트, 이미지, 비디오, 파일, 링크 등 다양한 형태의 자료를 게시판에 올린다. 다른 사용자와 실시간으로 소통하고 반응할 수 있다.

교사들이 일상에서 아이들을 관찰하며 사진과 기록까지 공유하고 인쇄한다. 강의자료도 올릴 수 있으며 학생들은 과제를 피드백 받을 수 있다.

정말 배움엔 끝이 없다. 내가 필요한 핵심은 아이들의 활동 기록을 학부모와 소통 할 수 있는 방법이다. 교사들이 잘 활용할 수 있도록 패들렛 사용법 강의를 지인에게 줌(Zoom)으로 부탁했다.

매월 아이들의 관찰 기록을 학부모의 핸드폰에서 패들렛 앱으로 소통할 수 있다. 학부모의 반응은 아직 미미하지만, 아이의 활동을 언제 어떻게 기록했는지 사진과 기록을 확인할 수 있다. 진급생은 3년간의 자료를 모두 열람할 수 있도록 구성해 두었다.

기록의 중요성을 강조하고 있는 개정 교육과정이다. 교사들은 교육과정에 따라 아이들의 놀이를 관찰하고 기록하여야 한다. 왜 기록이 중요한가? 문득 글을 쓰다가 1가지 놓치고 있는 깨달음에 부끄러웠다.

아이들도 교사를 관찰할 것이라는 생각이 들었다. 아이들은 교사의 일거수일투족을 어디에 기록할까? 교사는 아이들의 행동과 말을 글로 기록하고 아이들은 교사의 말과 행동을 아마 마음속에 기록할 것이다. 전자는 교육적으로 올바른 성장을 기대하며 지원하려고 기록한다. 후자는 어떨까? 믿을만한 선생님인지 나를 온전히 맡겨도 안심할 어른인지 자꾸 속내를 보려 할 수도 있다.

그래서 엉뚱한 짓도 하고 떼를 쓴다. 이쁘게 보이려고 정리도 잘하고 대답을 잘하기도 한다. 선생님의 눈치를 보며 이리저리 교사의 마음을 얻으려 한다. 교사는 아이의 마음을 잘 얻을 수 있어야 한다. 다그치고 짜증 내고 화를 내기 이전에 어떤 환경이 필요한지 알아야 한다. 아이들 마음에 기록될 교사의 정성스러운 마음은 디테일에 있다.

3P 코치 과정을 공부하던 중, '우리에게 부족한 1%는 무엇인가!'라는 왕중추 작가의 『작지만 강력한 디테일의 힘』을 추천받아 읽었다. 항상 시작

은 잘하지만, 마무리가 부족한 나에게 던지는 메시지 같았다. 작은 일에 최선을 다해야 큰일을 이룰 수 있다 하지 않던가!

공들여 쌓은 탑도 벽돌 한 장이 부족해서 무너지고, 1%의 실수가 100%의 실패를 부를 수 있다. 이것은 경영뿐 아니라 인간관계에서도 성립된다.

나 역시 한마디 말로 교사들에게 상처를 준 적이 있다. 쏟아 낸 말을 다시 담을 수는 없었다. 잘 쌓아오던 관계를 회복하려면 몇 배의 노력과 시간이 필요했다. 말 한마디에도 디테일의 힘을 생각한다.

내 삶의 기록은 3P 바인더다. 단순한 일정을 관리하는 다이어리 플래너가 아니라 인생의 매니저다. 목표 관리, 시간 관리, 업무 관리, 학업 관리, 지식 관리, 독서 관리, 건강 관리 등 바인더 한 권으로 자기 경영이 가능하다.

부산에서 유치원 원장들과 2015년 3P 바인더를 활용한 '셀프 리더십 프로 과정'을 배웠다. 3P 바인더를 업무에 적용하는 워크숍과 2016년 그룹 코칭의 코치 과정까지 단계별 교육을 신청했다. 처음에는 낯설고 익숙하지 않아 어려움이 있었다. 3P 바인더는 20 링 바인더를 사용하고 20 링 구멍이 뚫린 종이와 플라스틱으로 된 보조 바인더로 구성되어 있다. 자료를 모으고 분리, 편집하는 데 이점이 있었다.

유아교육 현장에서 자료 정리를 잘하고 있다고 자부하고 있었다. 강의 수강 후 전반적인 분류와 디테일의 힘을 느꼈다. 변화보다 변함없는 꾸준함을 실천해야 했다.

유치원 모든 서류를 3P 바인더로 교체하고 운영 관리, 교사 교육, 부모 교육, 안전, 급식, 교육계획, 행사, 유아교육 자료, 유아 1인 1 독서 바인더 등으로 분류하였다. 또한 분류된 자료 보관의 중요성을 알았다.

유치원 바인더 작업 후 개인 자료 바인더를 정리하면서 자격증, 연수, 표창과 상장, 학력과 이력 등 희로애락의 인생사를 다시 한번 돌아보았다. 나의 수집 능력과 자료 보관은 양호했다. 초, 중, 고등학교 때 상장과 표창장, 임명장을 농장 서랍에서 찾았다. 교사 시절 각종 연수 이수증을 복사하니 일반 책 두께만큼이나 되었다. 경력, 학력, 연수, 표창으로 분류하였다.

3P 바인더를 배우면 배울수록 학생들이 활용한다면 유용할 것이라는 마음이 들었다. 졸업생들에게 3P 기록 방법을 알려 주고 싶었다. 지속적인 자기 관리 훈련을 한다면 탁월한 성과를 올릴 수 있으리라.

드디어 내가 하는 일의 열매가 다른 사람의 나무에서 열리는 순간이 다가왔다.

'3P 셀프 리더십 마스터 과정'은 2018년 7월 20일에서 21일까지 경기도 양평 현대 블룸 비스타에서 1박 2일로 진행되었다. 이후 4개월 동안 매주 화요일 서울 송파구 문정동 '3P 자기 경영연구소'에서 실시하는 마스터 프로그램에 참여했다. 참가자 열두 명은 나이, 사는 곳, 직업이 달라도 열정으로 모였다. 각각의 뛰어난 달란트를 보유한 예비 마스터들과 변화와 성과, 나눔과 섬김의 열매를 공유하는 동료가 되었다.

제일 연장자로 참여한 3P 마스터 과정은 단순히 기록을 배우는 것이 아니었다. 환경이 사람을 변화시킨다. '해야 하는 것보다 더 무서운 것은 될 수밖에 없는 환경'이라는 것을 깨달았다. 마스터 과정은 환경이었고, 나는 100권이 넘는 바인더를 만들며 2018년 인증식에서 '열정의 화신' 특별상을 받았다.

　기록은 단순히 과거를 남기는 행위가 아니다. 그것은 현재를 다듬고, 미래를 준비하는 과정이다. 자신의 가치를 들여다보고 성장의 발판을 마련하는 사람은 반드시 기록한다. 기록과 디테일의 힘으로 누군가에게 의미 있는 사람, 가치 있는 일을 해낼 수 있는 사람이 되고 싶다.

2.

배움의 끈을 놓지 않는 삶의 자세

졸업 후 대학 부설 유치원에서 근무하였다. 직장 3년 차에 주임 교사가 되었다. 그 책임은 중압감으로 다가왔다. 매일 '오늘의 할 일 목록'을 적어 각 교사에게 전달했다. 또한 '나의 할 일 목록'에 기한 설정을 하였다. 메모를 습관처럼 하면서 오른 손가락 중지 옆부분이 불룩 튀어나오기까지 하였다.

유치원 모든 업무는 주임 교사의 책임 아래 진행되었다. 말로만 이끌어서는 안 되었다. 몸으로 직접 보여 주어야 동료 교사의 마음을 움직일 수 있었다. 솔선수범은 말보다 행동이 먼저였다. 남들보다 먼저 움직이며, 본보기가 되어야 했다. 솔선수범이 효과를 거두기 위해서는 몇 가지 중요한 조건이 따른다.

첫째, '진실성'이다. 솔선수범은 말보다 행동에서 시작된다. 겉으로만 하는 척이 아니라 마음에서 우러나와야 한다. 내가 먼저 진심으로 움직일 때

내 마음을 만나는 시간

주변 사람들의 마음에도 울림을 줄 수 있다. 둘째, '적절성'이다. 진심만으로는 부족할 때도 있다. 상황과 사람에 맞게 업무 분담을 하는 것이 중요하다. 아무리 좋은 의도라도 형평성에 어긋나면 오히려 마음을 닫게 할 수 있다. 상대방이 받아들일 수 있도록 배려하며 다가가야 진심이 잘 전달된다. 셋째, '전형성'이다. 교육자의 행동은 누구나 이해할 수 있는 기본에 충실해야 한다. 말과 행동이 일치하고, 평소에도 꾸준히 그런 모습을 보여야 신뢰를 얻을 수 있다. 한두 번만 잘한다고 해서 진심이 전해지는 건 아니다. 늘 같은 태도와 일관된 모습으로 보여 줄 때, 상대방은 '저 사람은 믿을 수 있는 사람'이라는 마음을 갖게 된다.

주도하는 삶을 살아왔다. 새로운 것을 배울 때 가슴이 뛰었다. 새롭다는 건 아직 가보지 않은 길이 있다는 뜻이고, 해보지 않았기에 더 설레었다.

무언가 몰랐던 것을 알게 되었을 때, 그것을 또 누군가에게 나눌 수 있을 때, 마음은 뿌듯했다.

사람들은 종종 "전문가가 되려면 10년은 걸린다."고 말한다. 하루 세 시간, 일주일에 스무 시간을 정성껏 들이면 결국 1만 시간이라는 경험치에 도달하게 된다고 한다. 하지만 시간만 채운다고 모두 전문가가 되는 건 아니다. 그 안에 목적이 있어야 하고, 의미가 담겨야 한다. 무엇을 위해 이 길을 가는지 묻고, 그 방향을 향해 꾸준히 연습하는 마음이 필요하다.

결혼 후 다시 유아 교사의 길을 걸으며 원장이 되겠다는 목표를 세웠다. 원장의 자리는 오늘 당장 만들어진 것이 아니라 과거 내가 걸어 온 시간에 의해 만들어진 모습이다. 초임 교사 혹은 신규 임용 교사들에게 항상 하는 말이 있다. 고여있는 물은 썩는다. 흐르는 강물과 같이 자신을 내어 주며 새로운 물길을 내어야 한다. 항상 업그레이드할 때를 찾아라. 내 안에 잠든 거인을 깨워라. 그 거인은 목표를 품을 때 비로소 깨어난다고.

코로나로 세상은 바뀌고 있음을 느꼈다. 위기를 기회로 만들어야 했다. 방향 설정을 못 하고 있었지만 꾸준하게 책에서 그 길을 찾으려 하였다. 매월 2회 토요일 아침 7시~9시까지 '꿈벗 나비 독서 모임'에 참석했다. 독서를 통해 함께 응원하며 꿈벗이 되는 공간이다. 나비라는 이름은 '나로부터 비롯되는 변화'의 준말이다. 나비가 '알-애벌레-번데기-나비'의 과정을 거치듯, 책을 통해 나로부터 시작되는 변화를 함께 만들어 가자는 뜻이 담겨 있다. 독서를 통해 보고, 깨닫고, 적용할 것을 토론한다. 토론한 것을 발표하고 읽은 책에 대한 특강으로 마무리하였다.

혼자 책을 읽을 때 느끼지 못했던 새로운 부분까지 다시 배울 수 있었다. B 대표와 함께 나이와 관계없이 회원들을 선배라는 호칭으로 부르며 누구나 참여할 수 있는 열린 소통의 공간이다. 책을 통해 자신의 꿈을 펼치고, 꿈을 찾아가는 독서 모임이다. 급변하는 사회 변화에 필요한 만남이었다. 독서 모임 외에도 다양한 강좌를 열었다. 각 분야 최고 전문가를 불러 강연도 하였다.

　　　　　　　　내 마음을 만나는 시간

읽어야 할 책이 자꾸 늘어가고 내 나이도 더해져 갔다. 평생 공부다. 매 순간을 다시 시작한다. 배움에 대한 열정을 잃지 않는 것은 나에 대한 약속이다.

졸린 눈을 비비며 책상 앞에 앉았다. 노트북을 켜고 '100일 책 쓰기 프로젝트' 블로그를 찾는다. 누군가 블로그 글을 읽어 주고 댓글과 이모티콘을 남긴다. 그들의 흔적을 기다리는 소소한 기쁨을 누린다.

오늘은 어떤 글을 써야 하지? 어떻게 주제를 찾아내지? 이렇게 생각하는 것이 벌써 책 쓰기로 한 걸음 더 다가가는 것이리라.

왜 책을 쓰려 하는가? 아이들과의 삶을 기록하기 위해서다. 과거, 현재와 미래의 희망까지 쓰고 싶다. 또한 60대에 다시 쓰는 내 인생의 이력서다. 글을 쓰면서 생각을 정리하고 지나간 일을 기억한다.

여러 마음으로 나의 삶을 글로 나누려 한다. 나눈다는 것은 용기다. 부끄럽기도 자랑스럽기도 하다.

매 순간 열심히 살았다. 누가 가르쳐 준 것도 아니고 알려 준 것도 없다.

그냥 하루하루를 살아가다가 "너 뭐 하니? 이렇게 살아도 돼?" 질문을 했다. 그리곤 계획을 세운다. 해야 할 일, 하고 싶은 일, 배우거나 되고 싶은 모습을 나열하고 표시해 가는 뿌듯함을 누렸다.

꿈벗 나비에서 상처와 치유의 강연 코칭 DID(들이대) 특강을 들었다.

송수용 대표가 나에게 지어 준 닉네임이 '무지개 모티베이터(Motivator)'
다. 모티베이터란 자신의 삶을 통해 다른 사람들에게 영감을 주고, 그들의
마음속에 열정을 불어넣는 사람을 말한다. 이 별칭을 마음에 품는 순간,
누군가에게 긍정적인 영향을 줄 수 있다는 가능성을 느꼈다.

   마음을 열고 배움의 길에 서 보자. 어쩌면 오늘, 나를 돌아보게 할 인생
의 모티베이터를 만나게 될지도 모른다. 나는 매일 모티베이터를 만난다.
바로 유치원 아이들이다.

   우리는 누군가의 모티베이터가 될 수 있다. 나의 삶과 경험, 그리고 지
금의 고민조차 누군가에게는 빛이 될 수 있다.

3.

다른 사람의 빛이 되기 위한 준비

한국교원대학교 종합교육연수원에서 메일이 왔다. 2019년 유치원감 자격연수 협력위원으로 위촉되었다.

7월 22일부터 8월 2일까지 매주 1회 네 번 참석했다. 협력위원은 공립유치원 원장 네 명과 사립유치원 원장 두 명으로 구성되었다. 협력위원이 하는 일은 첫째는 분임토의 안내 및 분임조직과 임원 선출이다. 둘째, 유치원감 리더십 제고 방안을 분임토의한다. 셋째, 유치원 예산 편성 운영 방안을 논의하는 것이다. 넷째, 누리과정의 효과적인 운영 지원 방향 등을 주제로 분임토의를 지도하는 것이었다. 마지막 날에는 지도 분임토의 평가를 한다.

원감 자격 연수생에게 마음을 담아 첫 시간에 말했다.

여러분, 원감이 된다면 잊지 말아야 할 것이 있습니다.

교사를 존중하세요. 왜냐하면 여러분이 걸어온 길이기 때문입니다.

또 하나, 원장을 존경하세요. 앞으로의 여러분입니다.

존중과 존경 사이에 필요하고 중요한 그 무엇이 있습니다. 무엇일까요?

믿음, 사랑, 신뢰, 배려, 나눔….

다 좋아요, 그러나 나는 그 중요한 무엇이 우리 '유아'들이면 좋겠습니다.

새침한 아이, 명랑한 아이, 활발한 아이, 영리한 아이,

그리고 금쪽이 그분까지

(예비 원감들의 반응 — 하하하)

나는 이 길을 걸으며 원장이 되기까지 산전수전 공중전, 화생방전까지

겪었습니다.

물론 주관적일 수 있습니다.(주책같이 눈물을 쏟고 말았다.)

(예비 원감들의 반응 — 울지마, 울지마, 짝짝짝)

우리 오늘의 만남이 있는 것처럼 원장 자격연수에서도 또 만납시다.

(예비 원감들의 반응 — 와아아아)

첫날 주제 '유치원감 리더십 제고 방안'에 대한 분임토의를 했다. A 분임은 퍼실리테이션, B 분임은 마인드맵, C 분임은 만다라트, D 분임은 일반적인 토의 형식이었다. 흥미롭고 재미있는 토의 시간이었다. 모두 다른 특색이 있었다. 주제를 공유하고 열정적으로 참여하며 진행하는 재치까지 있었다.

내 마음을 만나는 시간

자기 계발한다고 여기저기 강의와 연수를 다니지 않았다면 토의 용어부터 낯설었을 것이다. 공부를 끊임없이 해야 하는 이유를 찾았다.

퍼실리테이션(Facilitation)은 한국문화 인성연구회 연수를 통해 처음 알았다. 효과적인 기법과 절차는 모임이나 회의에서 구성원들이 자발적, 주도적으로 참여하게 돕는 방법을 말한다.

연수생은 네 그룹으로 나누어 상호작용을 하며 진행하였다. 포스트잇을 나누어 주고 의견을 적도록 하였다. 기록된 의견을 정리하여 공통점이나 핵심을 분류했다. 정리된 내용으로 구체적인 실행 계획을 세우기까지 소통하며 토의하였다. 구성원 각자의 생각을 자연스럽게 끌어내어 협력을 유도한다.

마인드맵(Mind Map)은 생각을 정리하고 시각적으로 표현하는 도구다. 마치 지도를 그리듯 중심 주제를 중심으로 가지를 뻗어나가며 하위 개념들을 정리하는 방식이다. 유아교육에서도 일과 구성, 독서 후 활동, 교사교육, 생각 정리 등에 활용해 왔다. 정보를 구조화하고 복잡한 내용을 시각적으로 정리하는 데 유용하여 유아교육 활동에도 자주 사용한다.

디지털 마인드맵 도구인 씽크와이즈(ThinkWise)는 3P 마스터 과정을 공부하면서 알게 되었다. 강사 중 한 분이 코치였기에 자연스럽게 알게 되었다. 프로그램을 구매하여 몇 차례 시도해 보았다. 손으로 그리는 마인드맵보다 더 체계적으로 정리할 수 있다는 장점이 있지만, 디지털 기기 활용에 익숙지 않아 충분히 활용하지 못한 아쉬움도 있다.

만다라트(Mandal-Art)는 목표 달성을 위한 체계적 사고와 계획 도구다. 2019년 6월 '꿈벗 컴퍼니' 독서법 강의에서 처음 작성해 보았다. 이 기법은 하나의 중심 주제를 중심으로 여덟 개의 하위 항목을 설정한다. 다시 각 하위 항목을 세부 목표로 확장 시켜 전체적인 방향성과 실행 계획을 명확히 할 수 있도록 돕는다. 메이저리그 최고의 야구선수 오타니 쇼헤이 선수가 학창 시절부터 꾸준히 실천해 온 도구로도 알려져 있다.

자기 계발 도구들은 직접 활용해 보는 과정에서 빛이 난다.

리더인 본인만 이야기하는 회의, 아이디어를 내라고 하는데 침묵하는 회의, 의견을 모아 보자고 했는데 결국 내 의견만 반영된 회의, 일상적으로 업무를 공유하는 자리에서 본인의 의견이 끝나면 내용에 관심이 없어지는 토의가 아니었다. 하나의 주제에 대한 하위 주제를 설정하고 점진적으로 아이디어를 확산하는 데 도움이 되었다. 문제 해결을 위해 다양한 측면에서 찾으려고 하는 새로운 방법을 적극적으로 활용하였다. 예비 원감들의 역량은 미래 유아교육의 희망이었다.

분임토의 마무리 즈음, 창밖에 소나기가 시원하게 내리고 있었다. 내일부터 유치원은 여름방학에 들어간다. 협력회장과 교육연구사에게 서둘러 인사를 하였다. 귀가하기 전 얼굴이라도 마주하고 싶었다. 빗속을 운전하며 하원 버스 출발 5분 전 도착하였다. 버스에 올라 1코스 아이들에게 방학 동안 안전하고 즐겁게 보내라는 인사와 함께 손을 잡아 주었다.

마음이 아픈 아이 B는 약속을 지켰다며 머리를 쓰다듬어 주니 활짝 웃는다. 올해 중반 다른 유치원에서 부적응으로 우리 유치원에 전학 온 아이. 교실에 들어갈 생각을 하지 않는 교무실 반이다. 참 어려운 일이었다. 일곱 살 친구가 애 어른이 되어 꼬박꼬박 말대꾸하고 '죽여버릴 거야.', '불질러 버릴 거야.'라며 교사를 때리고 물건을 집어 던진다. 마음으로 다가가야 할 친구, 보듬어 주어야 할 친구다. 원장을 할머니라며 따른다. 그 친구에게 집에 가기 전까지 할머니가 공부하고 올 테니 부장 선생님과 잘 놀고 있으라며 당부를 했기 때문이다. 버스가 출발하고, 손을 흔들며 생각했다. 고맙다. 반겨줘서 감사하다. 안전하게 너희들을 만날 수 있게 시간 내 도착할 수 있어 다행이다. 또 눈물이 났다.

유치원은 방학을 이용하여 도배 공사를 한다. 교실 정리하는 선생님들께 미안하였다. 하지만 어쩌랴 방학이 아니고는 할 시간이 없음을…. 유치원 1급 정교사 연수에 참석한 선생님도 강의 후 한달음에 달려와 교실 정리를 함께하며 동료애가 깊어진다.

원장이라는 역할은 매 순간 여러 방향으로 분산되는 에너지를 효과적으로 조율하는 능력을 요구한다. 변화는 필요하지만, 변함없는 중심 또한 중요하다. 자기 계발을 지속하면서 원장의 역할을 충실히 수행하려는 노력은 원감 자격 연수에서 이루어진 토의 과정에서도 가치를 발견했다.

자기 계발은 개인의 삶을 풍요롭게 변화시키며, 지속적인 성장을 할 수 있는 기반을 마련해 준다. 단순히 자신을 위한 과정이 아니라, 배움을 나누고 다른 사람들의 자기 계발을 도울 수 있는 능력까지도 함께 키워 나간다. 이를 통해 더 나은 자신뿐 아니라 더 나은 공동체를 만들어 가는 힘이 생긴다.

공부는 얼마나 하는지가 아니라, 어떻게 하는지가 중요하다.

그동안 '얼마나'에 집중해 왔다면, 이제는 '어떻게'에 대한 깊은 이해를 통해 배우는 방식을 성찰해야 한다. 변화와 변함없는 열정이 조화를 이룰 때, 우리는 비로소 자기 계발의 진정한 의미를 깨닫고 삶의 중심을 잡을 수 있다.

4.

될 수밖에 없는 환경을 만들자

62세에 별이 된 원장님을 영정사진으로 보고 왔다. 그림책을 사랑하고 유머와 노래로 우리에게 웃음을 안겨주던 일이 벌써 그립다.

"너무 열심히 일만 하지 마세요. 같은 일을 하는 원장님들에게 당부하고 싶어요."

아내를 잃은 슬픔 속에서도 남편은 오히려 우리를 위로했다. 유아들을 위한 인성교육으로 연구회에서 만난 지 5년여가 된다. 인생 시작은 육십부터라는데 예기치 못한 소식에 마음이 아팠다.

주위에 알리지 않고 암으로 투병 생활을 9년여 했단다. 아무도 몰랐던 그 아픔을 안고 버텨온 세월 앞에 모두 망연자실하였다. 아프면 아프다고 말하라! 고통은 나누면 절반으로 줄어든다던데….

2019년 7월, 어린이 그림책 문화 탐방으로 일본 연수를 다녀온 것이 고인과의 마지막 만남이었다.

책장 속 바인더에 원장님의 사진과 함께했던 추억이 QR코드에 담겨 있다. 그리울 때마다 살펴볼 수 있지만, 온기 없는 만남이다. 하늘나라에 있는 원장님이 우리와 함께했던 시간을 오래 기억했으면 좋겠다.

조문 온 원장들은 스트레스 받지 말고, 일 중독되지 말고, 즐겁게 살자 했다. 이렇게 허망하게 가지 말고 이별을 준비할 수 있는 시간을 주자고 하였다. 모두 안타까움에서 하는 말이다.

'원장님! 하늘나라에서는 건강하세요. 좀 더 사랑할 수 있는 날을 기약합니다.'

2020년 코로나로 모든 만남이 중단되었다. 서로의 안부가 절절히 필요했지만, 코로나 대응으로 유치원 운영에 모두 경황이 없었다. 연일 쏟아지는 공문과 코로나 발생 현황에 모든 촉각이 곤두선 날들.

2부제, 4부제, 격일제, 출석 인원 보고, 두려움에 가까운 날을 지내는 중이었다.

2010년 한국문화 인성연구회에 가입했다. 2016년 총무 역할을 담당하게 되었다. 영남, 서울, 제주, 광주지회로 전국적인 연구회다. 1년에 2회, 회원 유치원을 대상으로 교사 연수를 하였다. 코로나 이전에는 500여 석의 강당을 가득 채웠다. 최고의 강사를 모셨고 최선의 교육으로 교사 연수평가는 매번 만족이었다. 어느 연수보다 원장과 교사들이 우선으로 참여하는 연수다.

원장들의 연구회를 향한 자부심은 대단했다.

원장 연수는 연 4회다. 인문학과 그림책, 사회적 변화, 시대적 이슈 등을 주제로 모였다. 선진 교육기관 해외 현장 연수를 다녀오면 기록물을 정리하여 전국회원에게 나누어 주는 제주지회 J 원장. 누리과정과 교육 현장의 사례를 아낌없이 강의로 공유하던 서울지회 K 원장과 광주지회 S 원장. 온화한 리더십으로 인성의 총무와 회장으로 긴 세월을 솔선수범한 영남지회 Y 원장. 각 회원 원장들의 유아교육 현장 실천 사례 발표는 유아교육의 깊이와 넓이를 더해 가는 시간이었다.

2022년 원장 연수에서 1998년 연구회를 발족한 현황과 연구물을 발표하였다. 그동안의 연수 자료를 정리했다. 책 속에 추억도 함께 보았다. H 초대 회장님이 그리웠다. 깊은 병마로 함께하지 못하는 아쉬움과 그리움으로 회원 모두 눈시울을 붉혔다. 2012년 초대 H 회장님의 『원짠 땐땐님』 수필집 출판 기념회에 참석하였다. 아이들에 대한 사랑과 긍정적인 삶의 자세를 읽어 볼 수 있었다. 짧은 기간 뵀지만, 아낌없이 주는 큰 나무처럼 아이들과 회원들을 사랑하셨다. 한국문화 인성연구회에 가입하여 진정한 어른을 만났다. 원장님의 그늘이 그립다. 아직 부족하고 속 좁은 마음이 크지만 닮고 싶은 원장님이다. 2024년 9월에 우리 곁을 영원히 떠나셨지만, 그분의 가르침을 마음에 새긴다. 모두의 마음속에 살아 있는 선배 원장님이다.

코로나 공백을 지났다. 다시 대면으로 만나 연구회의 발자취를 돌아보니 한 사람, 한 사람 뜨거운 사명으로 인성교육에 앞장서 왔음이 새삼 느껴진다. 지나온 발자취를 살펴보는 동안 눈물을 보이는 원장님도 계셨다. 맏이 노릇을 하는 나이 지긋한 원장님들의 자리 지킴으로 연구회의 무게감을 느낀다.

회원 중 몇몇 기관은 코로나 여파와 함께 원아 수의 급격한 감소로 폐원하였다. 어린이집을 요양원으로 용도 변경하였다. 독서실을 운영하기도 했다. 각자의 자리에서 또다시 살아 내리라 믿는다.

교육 이사 L 원장의 연수발표는 무거웠던 분위기를 바꾸어 주었다. 불안한 미래에 웅크리고 있을 순 없다. 그럴수록 유아교육에 더 열의를 가지고 원장의 마음을 확고히 해야 한다. 유아들과 함께 활동할『수박 수영장』,『여름 맛』그림책은 도입, 전개, 마무리까지 완벽했다. 항상 샘솟는 아이디어로 모두에게 본보기가 된다. 참고 자료를 만들어 회원들에게 나누어 주었다.

동영상과 PPT 속의 아이들은 '수박'이라는 주제에 놀이와 그림, 활동과 이야기로 재미있게 풀어나갔다. 재미와 먹거리, 만들기가 함께 엮어지는 즐거움에 아이들의 표정도 함박웃음이다. 원장들은 북아트를 만들며 교사 시절의 손끝이 살아 있음을 느꼈다.

나에게 있어 여름 맛은 어떤 맛일까? 질문에 대답하는 원장들의 장난기 어린 혹은 진지함이 재미있다. 우리 유치원 아이들은『수박 수영장』,『여름

맛』그림책을 어떻게 풀어나갈지 벌써 기대감으로 흥분된다. 원장들의 눈
망울도 반짝반짝 빛난다.

　새벽에 꿈을 꾸었다. 인성연구회 하계 교원연수 날인데 무슨 일인지 나
는 회의장에서 멀리 나와 있고 휴대전화기도 없었다. 연수 시작 시각은 지
났고 안절부절못하고 있었다.

　3년 만에 한국문화 인성 교원연수를 코로나 이후 대면으로 한다. 2023
년 270여 명의 영남지부 회원기관 유아 교원들이 한자리에 모인다. 교육
정보를 나누며 반가운 지인들과 만날 수 있는 설렘 가득한 날이다. 준비하
는 임원진의 팀워크가 감사하다. 응원해 주는 회원 원장들이 있기에 인성
연구회는 저력이 있다. 끌어 주고 밀어 주는 연구회다. 각자의 달란트로
선한 영향력을 아낌없이 베푼다.

　원장들의 협조와 사랑에 일할 용기 얻는다. 재미있고 즐겁고 행복한 마
음으로 참석한다. 서로가 서로에게 배려깊은 의미를 부여한다.

　연수를 준비하며 하수, 중수, 고수 생각이 났다. 하수는 그냥 하는 것이
다. 중수는 좀 더 잘하려는 의지로 실행하는 것이다. 고수는 의미와 가치
를 다른 이들과 나누려는 사람이다. 아이들도 마찬가지다. 일상 속 놀이에
서 자연스럽게 배움으로 이어지는 아이들의 모습은 이미 고수에 가깝다.
그 놀이의 깊이를 알아차리고, 더 풍성한 배움이 일어나도록 고민하며 지
원하려는 교사와 연구회원 또한 그렇다.

연구회의 진행을 준비하는 임원진은 각자의 역할에서 고수답게 준비한다. 누군가를 돕는다는 마음으로 준비하는 그 마음이 귀하다. 열심히 시간을 나누어 준다.

긍정으로 생각하면 뇌도 그리 인식한다. 가장 긍정적이고 고수다운 것이 무엇인지 생각이 깊어진다. 여러 사람이 모이다 보면 감정이라는 것이 불청객으로 나타난다. 그런데도 회원들은 협력할 줄 알고 조율을 잘한다. 있는 그대로 보아 주면 마음이 상하지 않는다. 그 저력으로 오랜 세월을 배우고 나누며 연구회를 지켜왔다.

한국문화 인성연구회는 유아들의 인성교육과 유아 교사들의 역량과 원장들이 성장하는, 될 수밖에 없는 환경을 준비하고 만들어 간다. 그 환경의 중심에 사람이 있다. 사십 대부터 칠십 대까지 원장의 나이는 달라도 우리는 최고의 유치원 교사다. 동심으로 타오를 열정을 가지고 있다.

배움은 혼자서는 지속되지 않는다. 함께 성장하는 환경, 친근한 관계 속에서 우리는 결국 서로를 고수로 만들어 간다. 인성교육의 본질은 사람이고, 그 중심엔 언제나 온전한 마음이 있다.

5.

마음을 듣는 힘, 마음을 여는 말

2022년 KAC(Korea Associate Coach) 코치 기본과정 연수를 배우자고 지인 원장이 말했다. 코치 과정은 경청과 일상적인 대화에 도움 된다는 말에 솔깃했다. KAC 기초과정 인터널 코치 육성과정은 최소 20시간의 교육을 수료하고 50시간 이상 코칭 실습을 요구했다. 시험도 있고 1:1, 1:2, 그룹(3~5명) 코칭 실습도 하여야 했다. 9월부터 연말까지 KPC(Korea Professional Coach) L 코치에게 일곱 명의 원장이 배웠고 자격을 취득했다. 어느 날, 코칭 공부를 함께 한 B 원장이 코칭을 청해 왔다. KAC 자격 취득 후 코칭이라 남다른 기분이 들었다. 이른 저녁을 먹고 전화를 기다리며 하루를 돌아보았다.

오전 9시 예배에 참석하기 위해 택시를 타고 교회에 갔다. 예배 후에는 삼성 홈플러스까지 걸어갔다. 유치원 아이들 화장실 전용 실내화를 구매했다. 조화로 만들어진 예쁜 벚꽃을 샀다. 만개한 벚꽃이 활짝 웃는다. 신학기 유치원 생활에 적응하는 아이들의 마음도 예쁘게 웃기를 바랐다. 두 손 가득 짐을 들고 택시를 탔다. 날씨가 참 좋다. 다음 주는 학부모 면담이라 머리를 다듬고 싶어졌다. 집으로 가려던 길이 미용실로 향했다. 택시기사는 선뜻 코스 변경을 해 주었다. 미용실은 한산했다. 기다리지 않고 곧장 파마를 할 수 있었다. 오랜만에 파마를 하고 거울을 보았다. 낯설었다. 그래도 머리카락에 힘이 들어간 것 같아 기분이 좋았다.

버스를 기다리는 정류장에 햇볕이 따뜻했다. 전광판에서 버스 도착 시간을 알려 주었다. 503번 버스를 탔다. 무거운 보따리를 들고 흔들리는 버스에 몸을 맡기는 일, 낑낑거리며 오르내리는 일, 이 또한 오랜만이다. 자가용이 있음에 힘들이지 않고 여기저기 잘 다녔다. 많은 짐도 싣고 다녔다. 편하게 누렸다가 누리지 못하는 환경에서 감사함을 깨달은 날이었다.

종일 바깥 활동으로 피곤했다. 1시간 알람을 맞춘 후 낮잠을 잤다. 코칭을 위한 휴식이었다.

저녁 9시, B 원장과 전화로 코칭을 했다. "오늘 어떤 이야기를 해 볼까요?", "그래서 어떻게 하시겠습니까?", "무엇부터 해 보겠습니까?", "언제 하시겠습니까?" 발견하고 격려하며 지원과 실행을 위한 코칭 레시피의 기억을 더듬었다.

코칭 대화 주제는 부적응 유아에 대한 것이었다. 대화 중 '예방'이라는 단어에 새로운 방법을 찾은 듯 살짝 흥분하는 느낌이 전해졌다. 구체적인 4가지 실천 방안을 찾은 B 원장의 열정이 전해졌다. 그 에너지에 목표를 이룬 기분이었다. 한 시간 동안, 유아교육이라는 같은 일을 하고 있기에 충분히 공감하며 코칭을 마무리했다.

자격증은 그에 합당한 자격을 갖췄다는 증서다. 자격증만 있으면 합당한 자격을 갖췄다고 볼 수 있을까? 인정을 받아야 자격증이 제 역할을 하는 게 아닌가 싶다. 배운 것을 실행하는 것은 스스로 계획하고 다짐한 것과는 달리 어렵다. 계획하고 다짐한 생각들을 실천하기 위해 마음을 다잡는다.

'카톡' 소리에 휴대전화기를 보니 "정식 코치 1호 고객이었습니다."라는 문자와 함께 기프티콘을 보내왔다. 앗! 첫 고객이라고? 난 미처 몰랐는데 첫 고객이 되어 버렸다. 하하하!

KAC 코치 대접을 해 주는 B 원장이 고마웠다. 그렇구나. 나는 코치다.

"정식 코치 1호 고객님!!! 고객님을 꼭 기억하겠습니다."

2023년 6월 15일 목요일이었다. KPC L 코치의 후속 코칭이 있는 날이다. 서울에서 KAC 코치의 역량 강화를 위하여 대구까지 오는 L 코치의 발걸음이 고마웠다. 하루에 3회 강의를 한다. L 코치는 첫 번째 강의로 KAC 네 명과 함께 2시간 코칭을 했다. 스토리텔링 그림 카드는 한 권의 책이 되었다. 무작위로 선택한 그림 스티커는 우연이었지만 이야기가 저절로 연결되는 색다른 경험이었다. 듣기만 하는 강의가 아니라 참여하며 나누고 발표하면서 삶의 체험을 소통하였다. 이야기를 만들고 공유하며 그림 스티커를 고르는 재미까지 있었다.

점심 식사 후 오후 1시 30분부터 우리 유치원 학부모를 대상으로 '코칭으로 대화해요' 두 번째 강의를 유치원 강당에서 하였다. 칭찬과 인정의 말로 자신을 찾아가는 시간을 가졌다. 그룹 실습으로 부모의 고민도 풀어나갔다. 마지막 깜짝 이벤트를 하였다.

참석하신 부모님이 자녀를 만날 수 있는 시간을 마련했다. 꽃 한 송이를 들고 "엄마!" 하며 달려오는 모습, 안기는 모습에 마음이 뭉클했다. 아이도 엄마도 눈시울을 붉히거나 울었다. 엄마의 존재는 결국 아이다. 아이를 위하여 마음을 여는 좋은 대화법을 고민하고 배우고자 모였다. L 코치의 울림 있는 리더십으로 2회차 특강도 여운을 남기며 마쳤다.

3회차 마지막 강의는 오후 5시, 아이들 하원 후 교사 코칭 연수다.

'나의 30년 후 생각 나누기'에 울음보를 터트린 선생님!

20여 년을 넘게 살면서 내가 잘하는 것이 무엇인지 몰랐고 생각도 못 해보았다는 선생님!

동료 교사들의 칭찬스티커에 또 눈물을 쏟는 시간!

아이들을 돌보며 정작 나를 돌아보지 못한 선생님들을 코칭과 함께 도와줄 수 있어 감사했다.

내 마음을 만나는 시간

스며들듯 은근하게 따뜻해지는 온돌방 같은 L 코치의 90분 강의가 각자의 삶에 활활 타오를 수 있는 동기부여로 충분하였다.

L 코치의 그림 스티커가 궁금하여 검색했다. 부산에 본사를 둔 스토리텔링 콘텐츠 제작, 교육 기업 '와이 스토리'였다. 그림 카드로 구성된 이야기 톡은 무궁무진한 활용법을 가지고 있었다.

표현이 서툰 아이들에게 도움이 될 것 같다는 촉이 또 발동했다. 코로나 3년 동안 아이들의 발음이 어눌하고 발표력이나 표현하는 문장력이 현저하게 줄어들었다. 스티커를 붙이며 이야기를 상상하거나 경험한 것을 끄집어낼 수 있었다. 게임을 통하여 자신의 이야기를 펼쳐 나갈 수도 있다. 방법은 다양했다.

'이야기 톡 스토리텔링 교육 놀이 연수'를 신청했다. 원감과 함께 갔다. 토요일 오후 1시부터 6시까지 입문 과정을 들었다. 대구 마마스 교육상담센터에는 열일곱 명의 수강생이 모였다. 중고등학교에서 진로 지도, 상담하는 팀과 유아교육을 전공하는 여섯 명의 팀으로 구성되었다.

우리는 모두 자신만의 이야기(story)를 가지고 있다. 그 이야기를 꺼낼 수 있다면 누구든 무한한 가능성을 펼칠 수 있다. 스토리를 발견하고(Find) 보여 주고(Show) 행동하는(Act) 스토리의 힘을 믿는다. 마음을 잘 들어주고 도움 주는 대화법으로 실천하는 시간이었다. 아이들에게 세상에 단 하나뿐인 나만의 이야기를 찾아 주고자 기록하고 놀이에 흠뻑 빠졌다.

코칭을 시작으로 배움의 연결 고리가 이어진다. 내친김에 원감은 이야기 톡 스토리텔링 교육 연구원 과정까지 공부하였다. 스토리의 힘은 사람들의 마음속에 파고 들어갈 수 있는 도구가 된다.

KAC 코치 과정이나 이야기 톡 스토리텔링은 마음을 이해하고 대화를 활용하는 방법이다. 마음을 이해하는 능력은 삶의 모든 면에서 도움이 될 수 있다. 더 나은 자신을 만들고 타인과 건강한 관계를 형성하며 행복한 삶을 살아가는 힘을 찾을 수 있다.

우리는 모두 자기만의 이야기를 품고 살아간다. 누군가 그 이야기를 귀기울여 들어주고, 함께 나누어 줄 때, 삶은 조금 더 따뜻해진다. 코칭도, 스토리텔링도, 결국은 사람의 마음을 바라보는 것이다.

내 마음을 만나는 시간

6.

그림책이 건네준 마음 한 조각

그림책에 풍덩 빠졌다. 서현 작가의 『눈물바다』를 읽었다. 책 속에서 나를 만났고 딸과 아들을 보았다. 비 오는 날 학교에 우산 들고 마중 온 사람들. 하늘의 먹구름과 내리는 비. 우산 없이 상자를 머리에 쓰고 빗속을 혼자 걸어가는 아이. 순간 명치 끝이 아팠다. 워킹맘의 미안함이 밀려왔다. 일하는 엄마라 우산 한 번 가져다주지 못했다.

책장을 넘기며 주인공의 마음을 따라갔다. 되는 일 하나 없는 날, 억울하고 우울한 날, 서러움이 겹쳐 훌쩍이는 아이는 나였다.

눈물이 바다가 되어 아이를 슬프게 한 모든 것들이 물에 빠져 허우적대고 있었다. 펼친 장면으로 연결된 바다에는 다른 그림책 주인공들을 등장시켜 창의적이고 다양하게 표현했다. 그림이 더 많은 걸 담아냈다. 상상하여 그렸고 세세하게 그렸다. 주인공은 눈물 바닷속에서 자신을 괴롭히는 사람들을 만났다. 그림책 말미에는 바다에 빠진 모두를 구해 준다. '으잇

차! 영차. 시원하다, 후아!' 이 문장만으로도 위로가 되었다.

그림책이 마음을 움직이게 하다니!

그림책에 대해 더 배우고 싶었다. 서정숙 교수가 서울에서 운영하는 '그림책과 어린이 교육 연구소' 연수를 신청했다. 2014년 4월 1일부터 5월 27일까지 매주 화요일 오후 7시에 시작해 9시 50분에 마치는 8주 강좌였다.

4월 5일 결혼을 앞둔 딸도 듣기를 원했다. 반가웠다. 결혼 후에는 남편 직장을 따라 서울에서 지낼 예정이다. 물리적 거리와 떠남에 대한 아쉬운 마음 가득하였다. 다행히 5월 말까지는 주 1회 만날 수 있다. 착하고 예쁜 숙녀로 자라준 고마운 딸이다. 유아교육을 전공하고 엄마 일을 도우며 유치원 교사로 근무했다. 선생님들과 소통을 잘하는 속 깊은 딸이다. 인생의 동반자를 만나 사랑하고 사랑받으며 행복 가득한 삶을 살아가길 염원했다.

첫 강의 날. 전국에서 열두 명이 서초구 토즈 강남점에서 만났다. 첫 시간에 읽어 준 그림책『사랑하는 딸에게 언젠가 너도』는 피터 레이놀즈가 그리고 앨리슨 맥기가 썼다. 아이가 처음 세상에 태어나면서 자라나는 과정이 그림과 글로 마음을 두드렸다. 아기를 안고 속삭이는 엄마의 자상한 감동을 전해 주었다.

사랑하는 딸에게 살면서 겪어야 하는 모든 일의 의미를 그려내었다. 한 권의 책 속에 인생이 파노라마처럼 펼쳐졌다. 세월이 지나가면서 다가올 순간들을 딸과 엄마의 관계에서 보여 주었다.

아이가 빨리 자라는 것에 대한 아쉬움, 뭉클함, 아이의 방황과 걱정, 성장해 가며 부모를 떠나 엄마의 길을 가고 있는 딸에게 끝없는 응원을 하고 있었다. 이야기를 들으며 딸은 울었다. 나는 울음을 삼킨, 가슴 먹먹하던 첫 시간을 지금도 잊지 못한다. 그림책으로 딸에게 전하지 못한 말을 다 한 것 같은 시간이었다. 마음과 마음을 보이지 않는 끈으로 연결하는 그림책의 힘을 느낄 수 있었다.

아는 만큼 보이고 보이는 것만큼 배운다. 그림책의 겉과 속 생김새를 주의 깊게 살펴보는 방법을 알았다. 그림책은 어린이를 대상으로 무엇인가를 가르치는 데 사용하는 '교수 자료'로 보는 것이 아니었다. '작품'으로 감상하고 이해하는 심미안을 길러 주었다. 그림책의 구성이나 장르에 따른 그림책 선정 및 읽어 주기의 상호작용을 알았다. 기초가 되는 문학적 요소, 주변 텍스트, 글과 그림의 관계, 조형 요소에 대한 강의였다. 수강생들의 토론으로 각자 반응과 느낌, 감동이 혼합되어 마음조차 따뜻했다.

평소 그림책을 좋아하고 아이들에게 틈날 때마다 읽어 주었다. 그림책을 지금까지 가르치려는 주제의 도구로 선택했음을 알았다. 희망과 재치 있는 구성으로 재미나게 읽은 그림책을 유아뿐만 아니라 교사교육과 부모교육으로 나누어 주고 싶었다.

부모가 되고 나서 가장 중요한 일은 무엇일까요?

부모 자신을 위해서나 아이를 위해서 배우는 일이라고 합니다.

배움의 종류에는 여러 가지가 있겠지만, 부모 교육 CEO 과정에서는 '엄마, 그림책을 만나다'의 주제로 책 소풍을 계획했습니다.

소풍 가는 마음으로 즐겁게 그림책을 알아볼까요?

열두 명의 어머니가 신청했다. 책을 통한 자신의 발견으로 자녀를 행복하게 성장시키는 긍정적인 변화를 기대했다.

부모 특강 마지막 날 요양원 할머니들에게 그림책 읽어 주기를 계획했다. '바오로 둥지 너싱홈' 노인 요양원을 방문하였다. 어르신들은 딸이요, 며느리 같은 우리를 반겨 주었다. 1:1 프로그램을 진행했다. 청력과 시력이 좋지 않은 어르신들에게는 구연으로 이야기를 들려주었다. 여유 시간에는 말벗과 안마를 해드렸다. 나의 어머니요, 훗날 내 모습을 미리 만나는 날이었다. 배웅해 주는 원장 수녀님의 감사 인사를 받았다. 부모님들의 눈가가 촉촉하게 젖어 있었다. 당신들의 부모님이 생각났다 하였다. 그림책을 공부하고 보람찬 행사로 마무리했다.

아이들은 눈으로 그림을 보고 그림책의 글은 귀로 듣는다. 마음에 이야기 세계를 만든다. 직접 만드는 이야기야말로 진짜 그림책이다. 아이들이 많은 말을 하고 그려낼 수 있도록 보여 주고 들려주는 것은 소중하다. 매주 목요일 오후 5시 교사들과 그림책 구성과 종류를 살펴보았다. 그림책에 관한 지식과 정보를 나누었다. 좋은 그림책을 고르는 안목을 키우고, 다양하고 매력적인 그림책을 만났다. 그림책을 활용하여 교사와 아이들의 문학적 감수성을 키울 수 있었다. 삶으로 만나는 그림책 교육이 어떤 모습인지 마음을 나누었다.

『그림책의 힘』의 저자 야나기다 구니오는 '그림책은 인생에 세 번 읽으라.'고 한다. '자신이 아이였을 때, 아이를 기를 때, 인생 후반이 되고 나서 자기 자신을 위해서'이다. 전 생애를 통해 그림책을 손에서 떼지 말라는 의미이다.

인생 후반기야말로 그림책을 늘 곁에 두고 찬찬히 읽어야 하는 시기라 생각한다. 그림책을 읽고 있노라면 바쁘게 사느라 잊고 있었던 유머, 슬픔, 고독, 의지, 이별, 죽음, 생명, 소중한 것들에 관한 생각이 떠오른다. 그림책을 통해 힘을 얻고, 맑고 순수한 마음을 되찾는다. 어른일수록 마음의 성장을 위한 노력의 끈을 놓지 말아야 한다. 그림책으로 고집 세고 융통성 없는 노인이 되지 않기 위해 마음의 터를 닦아야겠다. 그림책의 세상은 마음 한 귀퉁이를 잘 쓰다듬어 주는 역할을 한다.

그림책은 아이들만을 위한 것이 아니었다. 그림책을 읽으며 우리는 잊고 지낸 감정과 기억을 다시 꺼내고, 꾹꾹 눌러둔 마음을 들여다볼 수 있었다. 책은 마음을 여는 열쇠가 되고, 그 열림은 우리를 사랑하게 하고, 이해하게 하며, 함께 웃고 울게 한다. 인생의 어느 순간에도, 나를 위로해 줄 한 권의 그림책이 곁에 있기를 바란다.

7.

책 속에서 마음이 자라난다

"선생님, 그림책으로 아이들이 책에 관심과 책을 가까이하는 습관을 기를 수 있게 하는 방법이 없을까요?"

유치원 초임 시절, 주임 교사였던 이십년 지기 H 선생님께 물었다. 서울로 함께 문상가는 KTX 열차 안이었다. 선생님은 경남대 국어국문과 교수를 소개했다. 지금은 건강 문제로 퇴직하였지만, 아이들의 독서교육에 많은 도움이 될 것이라고 하였다. 2016년 K 교수와의 인연은 그렇게 시작되었다. 지식으로 생각을 생각으로 지식을 실현화하는 '마인드 기반연구소'를 경남 창원에서 운영하고 있다.

오전 8시 동대구역에서 K 교수를 만났다. 우리 유치원까지 50분을 자가용으로 이동하였다. 도착하니 교수님을 환영하는 가랜드(Garland)가 준비되어 있었다. 고마웠다. 선생님들은 토요일 오전을 반납하고 배움의 열정을 장착한다. 이론과 실기가 병행되는 연수였다.

유치원의 수백 권 되는 그림책을 나이별로 선별하였다. 만 3세는 노랑 스티커, 만 4세는 초록 스티커, 만 5세는 파랑 스티커로 책 오른쪽 위 끝에 표시하였다. 별 스티커로 우수, 최우수 그림책을 구분하였다. 아이들에게 적절하지 않은 그림이나 내용의 책은 폐기했다.

교실 독서영역을 구성하였다. 독서영역과 언어영역을 구분하는 것은 가장 기본이다. 근본적으로 독서영역은 자유 영역이고, 언어영역은 학습영역이다. 유아의 독서 활동은 언어를 습득하기 전부터 시작된다. 그래서 유아기 독서는 그림책을 통해 이루어진다. 책의 그림도 상징이고 글도 상징이다. 통합되기까지는 절차가 있고 시간이 걸린다. 유아기에는 독서영역의 능력이 선행하니, 언어영역과 따로 구분한다.

유아를 위한 교실 독서 코너를 배치할 때 최적의 독서공간은 창가이다. 자연 채광이 부드럽게 내려오는 밝은 공간이 그림책을 즐기기에 좋은 공간이다. 교실에서 창가는 독서공간으로 우선 배치함이 원칙이다. 유아기의 두뇌 발달과 행동 발달을 위해, 교실 내부는 창문을 가리고 있지 않아야 바람직하다. 시각적으로 복잡하거나 통제된 공간을 보는 것은 독서 능력의 발달을 저해시킨다.

유아기는 독서 능력이 사람의 생애에서 가장 빠른 속도로 발달하는 기간이다. 독서 발달 단계를 가장 중시해야 하는 이유다. 유아는 즐기는 독서를 하므로 단계를 고려한 독서 코너가 필요하다.

만 3세는 편안하게, 만 4세는 호감 가도록, 만 5세는 집중하게끔 독서 코너를 배치하는 것이 기본이다.

책을 선택하고, 책을 즐기고, 책을 제자리에 넣어두는 것은 모두 유아가 해야 할 일이다. 그래서 기본적으로 교실 독서 코너를 교실 내의 다른 영역과 별도로 배치한다. 하지만 교실 중앙에서 봤을 때 다른 영역과 완전히 분리된 느낌은 없어야 한다. 이어진 느낌으로 세팅한다. 유아들이 즐겁게 드나들도록 세팅하되, 출입구를 좁게 하여 호기심을 자극하는 것이 좋다. 단계별 형태의 책장과 눈높이가 낮은 교구장을 세팅하여 독서 코너로 들어가고 싶도록 조성한다. 공간 안에다 다양한 소품과 그림책을 세팅하여 독서를 선택할 수 있도록 하는 배치가 좋은 방법이다.

유아를 위한 교실 독서 코너는 독서 행동과 독서 습관의 발달을 위해 바닥에 경계 구분이 꼭 필요하다. 독서 코너의 바닥이 매트로 세팅되어 있어야 하는 것은 필수이다. 인터넷으로 바닥 매트를 검색하여 구매하였다.

유아는 즐거움이 없어지면 독서를 거부하게 된다. 그래서 책을 읽을 때 앉은자리가 편하게 해 주어야 한다. 바닥에 그대로 앉히면 장기적으로 볼 때 결국 책을 읽지 않게 된다. 바닥에 닿는 부위의 안정성을 위해 2~4cm 정도 두께의 폭신한 매트를 깔아 주고 그곳에서 편안하게 책을 읽을 수 있도록 해 준다. 매트는 무늬가 없어야 좋고, 언제든지 청소하기 좋게 매끈해야 한다.

일차적으로 유치원 전체 교실의 독서 코너를 공간 조건에 맞추어 점검하고, 이차적으로 반별로 직접 현장을 컨설팅하였다.

지속적인 자율독서 성과를 위해 유아에게 가장 좋은 독서기반은 독서환경과 자율독서이다. 바람직한 독서공간을 세팅하고 나면, 지속해서 자율독서를 수행하도록 기본적 독서 활동을 유도한다. 이것은 가장 중요한 '독서기본기'이다. 좋은 유아 독서는 첫째, 스스로 책을 보고 책을 교체하는 과정에서 책과 많이 접촉하는 경험이 필요하고, 둘째, 좋은 독서공간에서 함께 책을 읽는 안정감을 탄탄하게 느끼는 경험이 필요하다.

독서 태도를 기르기 위해 매일 '아침 독서 10분' 활동을 하고 있다. 책을 많이 만나는 것은 환경이고, 책을 자주 선택하는 것은 능력이며, 책을 친하게 보는 것은 발달이다.

자율독서는 두뇌 독서의 성과를 이룬다. 독서를 통해 인성, 도덕성, 사회성이 길러진다. 이들 조건을 빠른 속도로 발전시키고 꾸준히 유지하는 것이 '독서'이다.

아이들의 독서 습관이 평생 습관으로 자리매김하기까지 꾸준함이 필요하다. 매년 교사 컨설팅을 받는다. 교수님은 당신 건강보다 배움의 열정으로 도움을 청하면 흔쾌히 새벽 기차를 타고 오신다. 그 마음을 잘 알기에 일찍 일어나 삶은 달걀과 고구마, 음료, 견과류를 준비했다.

3시간의 교사 연수를 마치면 다시 동대구역으로 배웅한다. 다음을 기약하며 아이들의 독서에 관한 궁금한 것은 다음카페에 꼭 올려달라는 당부의 말을 잊지 않는다. 다방면으로 배움의 깊이가 있는 교수님과 오래도록 만나고 싶다.

독서는 목적지가 있다. 인생을 살아가면서 책을 읽고 이해하는 과정은 인격의 발선과 녹서로 품격을 수련하는 것이다. 생각하는 방법과 태도를 탐구해 가는 마음이다.

교사들의 마음이 아이들 삶에 힘이 된다. 아침 독서를 실천하는 모습이 아름답다. 습관이 되도록 생각하는 과정에 가치관이 생겨나고 이런 믿음이 서로에게 독서의 가치를 높인다.

유아의 선택과 행동을 돕는 교육은 독서만이 아니다. 스스로 하지 못하는 아이들은 자신감이 낮고, 활동을 주도적으로 이끌어 가지 못하는 어려움이 있다. "선생님이 도와주세요…", "선생님이 해 주시면 안 돼요?"라고 말한다. 이럴 때마다 믿어야 한다. 방법을 달리하여 행동하게 한다. 아이에게는 일상에서 스스로 할 수 있는 힘이 있다. 대신해 주면 힘은 생기지 않는다.

책을 선택하게 하고, 그 책 속에서 생각하고 움직이게 하려면 먼저, 아이 곁에 책이 있어야 한다. 독서가 습관이 될 때 아이는 '스스로 하는 힘'을 얻게 되고 그 힘은 삶을 살아가는 자립심으로 확장된다.

교사는 도와주는 사람이 아니라 아이 안에 있는 가능성을 '믿고 기다려 주는 사람'이어야 한다.

책은 결국, 아이 마음에 날개를 달아 주는 것이다. 아침 독서 10분이 아이 인생의 첫 날갯짓이 될지도 모른다.

8.

배움이 있어 더 맛있는 인생

　토요일 아침부터 분주했다. 정성으로 만든 찹쌀 케이크를 들고 J 원장과 대전행 기차를 탔다. 도착 시간 맞추어 부산에서 오는 K 원장도 대전역 대기실에서 만났다. 주차장에는 마중 나온 L 원장이 두 손을 흔들고 있었다. 우리는 달려가 얼싸안고 한바탕 웃었다. 여행하듯 대구, 대전, 부산에서 숟가락 난타를 배우러 모였다.

　어느 날, 숟가락 난타 동영상을 보았다. 악기가 나무 숟가락(주걱)이라 우습기도 재미나기도 했다. 젓가락 장단은 들어보았지만, 숟가락 난타는 처음 본다. 흥에 겨워 연주하는 모습을 보니 따라 하고 싶었다. 유치원 아이들에게 가르쳐도 될 정도로 쉽게 보였다. 노인정에 노래 봉사 연주도 가능할 것 같았다. 유아들의 리듬 공부에 도움 되고 어른들에게는 스트레스 해소와 생활에 활력을 줄 수 있는 숟가락 장단이었다. 악기 구입 비용이 저렴하고 휴대가 간편했다. 숟가락 난타의 시작은 스위스 민속악기인 우드 스푼(Wood Spoon)이라 하였다.

　J 원장이 대전에서 활동하고 있는 강사를 소개했다. 연습은 대전 L 원장 유치원에서 하기로 하였다.

　안내받은 교실에서 자리를 잡고 악보 책과 나무 숟가락을 꺼냈다. '따다닥, 따다닥' 소리를 내며 연습했다. 눈화장을 곱게 한 강사가 지인과 함께 왔다. 두 번째 만남이다. 그동안의 안부를 나누며 "연습해 오셨어요?"라는 말에 뜨끔했다. 쉬운 듯했지만, 리듬과 복습은 어려웠다. 숟가락 잡는 방법을 다시 배웠다. 소리를 낼 때 숟가락 잡는 손에 힘을 빼라 했다. 한 사람, 한 사람, 소리와 자세를 지도해 주었다.

　'스텔라 브라우저'와 '음악 속도 체인저'라는 핸드폰 앱도 알려 주었다. 우리는 〈곰 세 마리〉 리듬을 시작으로 〈고향의 봄〉과 〈닐리리 맘보〉까지, 서투르지만 두들겼다. '무릎, 손/ 무릎, 손/ 무릎 두 번, 손/ 무릎 두 번, 손 두 번' 엑센트를 넣어 연습했다. 무릎, 손을 이용한 리듬 실습과 손을 이용한 방향 바꾸기로 기본기를 다졌다. 강사는 노래와 함께 분위기를 돋우었다. 이런 매력적인 사람을 만나다니 행운이다. 난타도 배우고 노래도 배우고. 바쁘겠다, 내 인생.

　푼수 짓도 해야 사람 냄새난다고 너무 익어 가지 말라는 멘트까지. 행복한 시간이었다. 오랜만에 노래를 따라 불렀다. 마친 후 나도 모르게 말했다. "야! 오늘 배고픈 것도 잊고 오랜만에 신났네!"

늦은 점심을 먹으러 대전에서 논산까지 차로 달렸다. '연산 한우'라는 식당에서 고기를 배불리 먹었다. 식사 후 '탑정저수지' 주변 둘레길을 걸었다. 입장 시간이 마감되어 출렁다리는 걷지 못하였다. 붉게 지는 노을과 바람에 찰랑거리는 물결을 보며 걸음은 점점 느려졌다.

코로나 대유행 이후 이렇게 자유로울 수 있었던 시간이 얼마 만인가! 저녁 7시 국내 최대 규모 음악분수 쇼를 알리는 현수막이 붙어 있었다. 탑정호 주위로 사람들이 모여들기 시작했다. 우연히 분수 쇼까지 보는 행운을 누렸다. 탑정호 음악분수는 길이 150m로 내륙 호수나 저수지에 설치된 분수 가운데 국내 최대 규모라 했다. 높이 120m까지 물줄기를 쏘아 올렸다. 논산 탑정호 출렁다리와 함께 지역의 명물로 자리 잡았다.

다시 밤길을 차로 달렸다. 우와! 느낌은 일본식이지만 분명 한국의 다실이었다. 아기자기한 소품들과 야생화로 한껏 멋을 내는 화병들! 모두 감탄하며 사진 찍기 바빴다. 대추차와 다식이 정성스럽게 차려졌다. 인절미 와플도 맛이 있었다. 정성으로 대접받는 기분이었다. 도자기 그릇이며 놋그릇과 퀼트 받침까지 세심한 배려였다. 대추차도 깊은 맛이 있었다. '세실 다실'에서 다음엔 쌍화차를 꼭 마셔보고 싶다. 빙설도 인기 메뉴라 한다.

오늘 일행은 유치원장 네 명, 난타 강사, 강사 지인 등 총 여섯 명이다. 만남을 이어 가기로 했다. 만남의 이름을 지었다. 그 이름은 바로 '육두품!' 신라 때, 왕족 다음가는 계급이다. 육이라는 숫자, 여섯 명의 모임이라는 것을 강조하고 싶었다. 신분의 고결함도 누리면 이 또한 기쁘지 아니한가?

어둠 속에서 돋보이는 다실 앞 화단. 이름 모를 꽃들에 사랑의 눈길을 주었다. 또다시 오마. 내 약조를 하마. 나는 육두품의 일원이란다. 하하하!

볼거리와 먹거리, 가는 길까지 배웅해 주는 대전의 L 원장이다. 매월 2회 배우기로 했다. 다음에는 대구에서 만날 것을 약속했다.

처음 배우는 숟가락 난타. 2bit, 4bit, 8bit, 16bit, 다양한 장단이다. 리듬과 멜로디의 결합, 강박과 약박, 리듬 연습, 몸짓으로 리듬 만들기. 돌아서면 까마득하지만, 순간을 즐긴다. 유치원 아이들과 숟가락 난타로 노래하는 행복한 시간을 상상했다. 배운다는 것은 사람과의 만남이다.

"파란 옷 입은 사람이 원장님 맞죠?" 아이들은 '어린이날 축하 숟가락 난타 공연'을 보며 원장을 찾았나 보다. 여섯 명(두 명은 후에 합류)의 원장이 모여서 어린이날을 축하하려고 만든 연주 동영상이다. 각 유치원에 공연하러 가는 행사가 많은 5월이라 바빴다. 숟가락 난타는 혼자도 괜찮지만 여럿이 연주해야 소리가 크고 신난다. 난타 연주와 몸짓을 하며 연습하는 모습을 영상으로 담았다. 교사들과 아이들의 반응에 그동안 배운 보람을 느꼈다. 다음 어린이날에는 생방송 순회 공연이기를 바라본다. 배운 것은 복습하고 실천해야 한다.

숟가락 난타와 함께하는 배움은 힐링이었다. 여행은 덤이다. 일과 배움의 균형을 유지하고 휴식과 여행을 즐기며 스트레스를 관리한다. 꿈길인

듯 다녀온 논산 여행길. 우리의 난타 소리. 배움과 여행의 한 세트, 멋있고 맛나다.

배움은 우리를 성장하게 하고, 여행은 우리를 살아 있게 한다. 낯선 리듬을 두드리며 웃고, 길 위에서 다시 나를 만나는 일.

그렇게 나는 멋있고 맛있는 인생 한 페이지를 정성껏 써 내려간다.

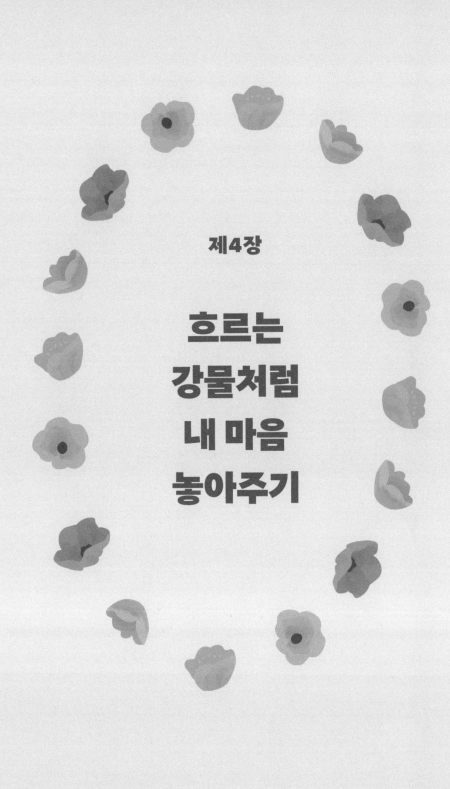

제4장

흐르는
강물처럼
내 마음
놓아주기

1.

삶으로 가르치고, 마음으로 배운다

1981년, D 대학교 부설 유치원 교사로 사회에 첫발을 내디뎠다. 아이들은 나의 선생님이었다. 그들의 행동, 하는 말, 엉뚱한 질문 속에서 서툴고 투박했던 마음이 조금씩 유연해졌다.

그러나 초보 교사의 불안은 늘 그림자처럼 따라다녔다. '내 부족함을 학부모나 아이들이 눈치채면 어쩌지?' 작은 실수에도 조바심이 났다. 내가 할 수 있는 최선은 무엇일까? 고민했다. 아이들의 이름을 정확히 외우고, 각 유아의 가정환경을 세심하게 살폈다. 아이들과 눈을 맞추고, 작은 목소리에도 귀를 기울였다. 원아 관리에 필요한 사소한 정보까지 빠짐없이 메모했다. 학부모에게는 하루 일과를 공유하려 노력했다. 교재와 교구는 어디에 어떤 것이 있는지 익숙해지도록 반복해서 확인했다.

그러나 시간이 지날수록 아이들을 가르치기엔 부족하다는 마음이 들었다.

배움에 대한 갈증은 컸다. 그러던 중 낮에는 유치원에서 근무하고 밤에는 공부할 수 있는 한국방송통신대학교를 알게 되었다. 초등교육과에 편입해 학기마다 시험과 출석 수업을 병행했다. 녹음테이프로 강의를 반복해서 들었다. 유치원 교사 연수에도 빠짐없이 참여하였다. 더 좋은 교사가 되고 싶다는 마음 하나로 채워 나갔다. 유아 교사로서 첫걸음을 최선을 다해 내디뎠다.

4년 근무 후, 결혼으로 사표를 냈다. 좌충우돌 시행착오를 겪으며 사랑을 나눈 아이들 모습이 눈에 밟혔다. 1984년, 그때만 해도 결혼한 여자는 일을 그만두는 것이 당연하게 여겨지던 때였다.

부지런한 시어머니 덕분에 집안일을 빨리 끝낼 수 있었다. 내가 부엌일을 하면 시어머니는 청소와 빨래를 하고 누가 말한 것도 아니지만 역할 분담이 자연스럽게 이루어졌다.

그러던 어느 날, H 사립유치원에서 취업 의뢰가 들어왔다. 유치원 설립자는 양복점을 운영하고 있었다. 유치원 아이들의 교육과 행정을 관리할 사람을 찾고 있었다. 취업이 어려운 시기였다.

"젊을 때 돈을 벌어야지, 살림은 내가 하마."

시어머니의 이 한마디는 내게 큰 힘이 되었다. 결혼 후 취업은 단순한 생계를 위한 선택이 아니었다. 이 일을 평생의 소명으로 받아들였다. 유치원 원장까지 하겠다는 마음가짐으로 시작하였다. 두 달간의 전업주부 생활을 뒤로하고, 전문직 여성의 길로 다시 들어섰다. 사립유치원에서 3년여를 근무했다.

1988년 서울올림픽으로 온 나라가 축제 분위기였을 때, '경북 공립유치원 교사 채용 시험'에 합격하였다. 첫 발령지는 경북 상주 은척초등학교 병설 유치원이었다. 상주 시내에서 버스를 타고 30분을 가야 하는 작은 면 소재지였다. 두 반으로 운영되고 있었다. 성격이 활달한 K 교사는 힘들거나 어려운 일도 척척 해나갔다. 두 사람이 마음을 모으면 못 할 일은 없었다. 아이들에게 인형극 공연을 보여 주기 위해 퇴근 후 손 인형을 만들었다.

인형 만들기는 신혼 초 사립유치원 근무를 하며 대구 YWCA에서 '기독교 선교 사역 인형 만들기' 연수에 참여하여 배웠다. 퇴근 후 첫 아이를 업고 택시와 버스를 번갈아 타며 다녔다. 그때 배웠던 인형 만들기가 유용하게 활용되었다. 문화적 혜택을 받지 못하던 시절이었다. 동화구연을 녹음하고 인형극 막 뒤에서 인형을 움직이는 아주 단순한 활동임에도 어른과 아이들의 반응은 뜨거웠다. 운동회와 학예회가 동네잔치였고 유일한 볼거리였다.

사립유치원과 병설 유치원의 달랐던 점은 서류였다. 행사나 교육계획, 물건 구매에도 서류로 결재를 먼저 받아야 했다. 작은 학교임에도 불구하고 교무, 교감, 교장 선생님께 같은 말을 반복하는 것이 번거롭게 느껴졌다. 교무 선생님께 '결재 다닐 때마다 녹음 틀어놓고 다니고 싶어요' 하고 농담처럼 말했더니, 손뼉을 치며 크게 웃었다.

밑줄 그으며 자세히 가르쳐 주던 교무, 교감 선생님 덕분에 공문서 작성과 서류의 기본기를 잘 배울 수 있었다.

교육대학원에 입학하였다. 석사 학위취득 후 M 대학에서 '교육학' 야간 강의를 했다. 유치원 교사와 대학의 시간강사를 병행하고 있을 때였다. 강의하던 대학에서 기간제 교수 채용 공고가 있었다. 14년간 유아교육 현장에서 쌓은 경험과 수상 경력은 도전에 큰 힘이 되었다. 서른아홉 살에 유아교육과 교수로 임용되었다. 마흔이 되기 전에 이루고 싶었던 꿈 리스트 중의 하나였다.

가르친다는 것은 한 시간의 강의를 위해 두세 시간 이상 공부해야 했다. 유치원 교사 경험은 학생들에게 현장의 실제를 이해하는 도움을 주었다. 이론과 실무를 연결하며 가르치는 일에 보람을 느꼈다. 학과장, 부설 유치원장으로 업무가 늘어나는 중에도 대학원 박사과정을 마쳤다.

잠을 줄여가며 가르치고 배웠다. 그러나 5년 6개월 동안의 교수 생활은 대학의 파벌싸움 속에서 마무리되었다. 교수 재임용에 탈락한 동기 교수들은 재임용 재심 청구를 하자고 하였다. '하지 않겠다'라고 선을 그었다. 재심 청구로 변호사 선임할 그 시간, 오히려 억울함이 되살아날 것 같았다. 잊고 싶었다.

주변을 돌아보니 가장 미안한 가족이 곁에 있었다. 그 교수 자리가 무어라고 나의 금쪽같은 딸과 아들을 보살펴 주지 못하고, 연세 드신 시어머니를 힘들게 하였구나! 라는 자책과 함께 가르치며 공부하는 일을 우선한 날들이었다.

사립유치원을 설립하고 원장이 되고 보니, 가르침이 단순히 교실 안에서 끝나는 것이 아니라는 사실을 새롭게 깨달았다. 내가 맡아야 할 역할은 광범위했다. 아픈 아이를 병원에 데려가는 것과 급식재료 구매를 위해 코스트코와 슈퍼마켓, 시장에 가는 것은 일상이었다. 유아들을 맞이하고 배웅하며 그들의 하루를 살폈다. 교육과정을 계획하고 교구 준비하는 데도 신경 써야 했다. 교육청과 원장 회의, 각종 연수와 설명회도 참석해야 하였다. 원장의 역할은 단순히 유아들의 학습 과정만 관리하는 것이 아니었다. 교사와의 관계, 학부모의 기대, 유아의 성장까지 포함된 복합적인 책임이었다. 교사로 일할 때는 미처 보지 못했던 그 무게를 새삼 느끼는 시간이었다.

그 과정 안에서 '가르침'의 진정한 의미를 조금씩 깨닫게 되었다. 가르치는 일은 곧 배우는 일이었다.

2.

내 마음이 향한 그 길 끝에서

3층에 있는 세 곳의 자료실에서 교재와 교구, 자료를 모두 꺼내 정리했다. 버릴 것은 과감히 버렸다. 꺼내면 꺼낼수록 쏟아져 나오는 자료의 양에 놀랐다. '자녀를 위한 특별 코칭 클래스' 부모 교육 연수가 이틀 앞으로 다가왔다. 그때까지 정리를 마칠 수 있을지 걱정되었다. 그중 두 곳은 자료실로 유지하고, 한 곳은 멀티미디어 교실로 새롭게 바꾸기로 했다.

일주일 동안 원감과 품목을 분류하고, 아이들이 귀가한 후에는 교사들과 정리 작업을 이어 갔다. 퇴근 시간과 맞물려 시간이 늘 부족했다. 빠른 손길로 정리해 나갔다. 며칠 동안 계속된 작업으로 체력이 바닥났고, 정리가 끝난 날엔 팔다리가 쑤셨다. 몸살이 날 지경이었다.

'왜 이렇게까지 애써야 할까?'라는 생각이 스쳤다. 그러나 아무것도 하지 않으면 아무 일도 일어나지 않는다.

변화하고 발전해 가는 미래사회에서 멀티교육의 중요성은 커지고 있다. 교육부는 2025년부터 초등학교 3·4학년, 중·고등학교 1학년을 대상으로 수학·영어 과목에 'AI 디지털 교과서'를 도입할 계획이다.

우리 유치원 아이들에게도 발달 수준에 맞는 디지털 교육환경을 제공하고 싶었다. 3층 자료실 중 한 공간은 멀티미디어 시스템을 구축하기에 적절한 장소였다.

장소 정비에 앞서 두세 달간 교사들과 의견을 나누었다. 여러 교구 업체와 상담을 진행하며 가능성을 탐색했다. 멀티미디어 교실에서 활용할 프로그램을 찾아보고 비교했다.

학부모 생각에는 새로운 프로그램은 그저 '그냥 하는가 보다'라고 여길 수 있다. 하지만 실제로는 많은 사전 계획과 세심한 준비가 필요하다. 전자칠판, 태블릿, 헤드셋, 충전기기 등 작은 장비 하나까지 갖추어야 할 품목이 많다.

디지털 네이티브(어린 시절부터 컴퓨터, 휴대전화 등 디지털 기기를 접하며 성장한 세대)인 요즘 유아들에게 적절한 디지털 놀이 프로그램을 찾았다. 유아의 인지발달에 체계적으로 접근할 수 있는 체계적인 시스템을 갖추고 있었다. 유아기 두뇌는 급속하게 성장하는 시기다. 기초 인지능력이 균형 있게 발달하는 것이 중요하다. 인지발달은 눈에 보이지 않기에, 정확한 수준을 파악하고 그에 맞는 교육을 제공하는 것이 필요하였다.

'두 브레인(Do Brain)'은 유아 개개인의 인지능력을 데이터 기반으로 분석하여 수준에 맞는 두뇌 자극 활동을 제공하는 프로그램이다. 테스트를 통해 유아 발달 수준을 진단하고, 결과에 따라 맞춤형 수업을 한다. 유아들은 하루 10~15분 디지털 놀이를 통해 활동에 참여하고, 이때 축적된 데이터는 교사와 부모에게 유아의 발달 수준을 안내하는 분석 자료로 활용되었다.

우리 유치원은 전국 최초로 '두 브레인' 혁신 유치원 파트너로 선정되었다. 유치원 교육과정의 놀이 중심과 두 브레인 프로그램을 접목하는 방법을 연구한다.

아이들의 적응을 돕기 위해서는 부모의 참여가 중요하다. 아이에게 단순히 프로그램만 맡겨두기보다는, 하루 15분 만이라도 부모가 함께 격려하고 지켜보는 시간을 가지면 교육 효과는 배가된다.

자녀의 학습 역량과 속도에 맞춘 교육을 위해 '교육 성향 진단'을 했다. 이 프로그램은 에니어그램(성격유형 이론), 하워드 가드너(Howard Gardner)의 다중지능이론, 리처드 펠더(Richard Felder)와 실버만(Silverman)의 인지학습 스타일을 기반으로 개발된 것이다. 부모와 아이 각각의 교육 성향을 9가지 유형으로 나누어 서로를 더 잘 이해하고, 교사와 부모가 함께 아이에게 맞는 환경을 조성할 수 있도록 돕는다.

TV 프로그램 〈우리 아이가 달라졌어요〉, 〈금쪽같은 내 새끼〉처럼, 아이의 변화를 위해서는 부모 역할이 중요하다. 자녀를 키우는 데 있어서 성격대로 살아가는 것이 아닌, 성향을 이해하고 배우는 태도가 중요하다. 부모는 먼저 자신의 성향을 알고, 아이의 성향에 관심을 가지며 함께 맞추어 가야 한다.

'자녀를 위한 특별 코칭 클래스' 부모 교육에 참여한 학부모를 대상으로 교육을 진행했다.

"왜 오셨습니까?"라는 물음에 앞서, "어떤 마음으로 이 자리에 오셨는지"를 먼저 여쭙고 싶습니다.

코로나 시대를 지나, 스마트 시대를 살아가는 지금, 미래 교육에는 '멀티적 사고'를 지닌 인재가 요구됩니다.

이를 위해 유치원에서는 멀티교육 콘텐츠 서비스를 기반으로 한 웹 기반의 자기주도 학습 시스템을 운영하고 있습니다.

이는 두 브레인과 협업하여 효과적인 학습으로 확장되고 있습니다.

"왜 멀티교육인가요? 이미 핸드폰으로 동영상이나 게임을 너무 많이 보고 있는데."

그래서 더 필요한 교육입니다. 어차피 접하게 될 디지털 환경이라면, 의미 있고 재미있게 즐기는 두뇌 교육으로 나아가는 것입니다.

개인맞춤형 두뇌 교육을 통해 유아기부터 개별 학습 능력을 키워 줄 수 있도록 돕고 싶습니다.

하루 15분, 부모님의 격려 속에서 사용할 수 있도록 옆에서 함께해 주세요. 사용 시간 관리는 꼭 필요합니다.

설명을 통해 학부모의 공감과 동의를 얻을 수 있었다.

진정한 존중은, 누군가를 위해 더 나은 내가 되려는 노력이다. 적어도 그 노력만큼은 아끼지 않는다.

"영원히 살 것처럼 배우라. 그러나 내일 죽을 것처럼 살아라."라는 말이 있다. 배움으로 원장의 길을 걷고 있다.

지금까지 습득한 모든 지식의 틀이 급속도로 바뀌는 세상이다. 알고 안 하는 것과 몰라서 못 하는 것에는 큰 차이가 있다. '안 하는 것'과 '못 하는 것'은 다르다. 안 하는 것은 의지의 문제이고, 못 하는 것은 능력의 문제다. 능력이 있음에도 실행하지 않으면 의지의 부족이고, 하고자 하는 의지가 있어도 할 수 없는 건 실천할 능력의 부족이다.

나는 시도를 잘하는 편이다. 필요하다고 느끼면 망설이지 않고 투자한다. 비싼 수강료가 부담스러워도, 배움에 대한 의지가 더 크다.

SNS는 어렵다. 네이버 블로그, 유튜브, 페이스북, 인스타그램, 카카오스토리, 메타버스…. 처음엔 안갯속 같고 막막하였지만, 호기심으로 배움의 물꼬를 열었다. 코로나 시대에는 줌과 유튜브 등 비대면 교육도 익혀야 했다.

배움은 투자다. 잘하려고 하니 어렵게 느껴질 뿐, 할 수 없다고 몰아세우지 않는다. 대신 스스로 힘을 내도록 다독인다. 환갑을 훌쩍 넘긴 지금도, 배우고 싶은 것이 많다. 나는 안다. 나 자신을 위해 투자하는 것이 모두를 위한 투자의 길이 되는 것임을.

　꼭 부여잡아야 하는 것은 평생을 살아 낼 마음의 힘을 줄 수 있는 사람. 평생 마음의 힘을 유지할 수 있는 사람이 되는 것이다. 스스로 오뚝이처럼 일어나는 능력과 인내와 끈기를 길렀다. 앞으로 다가올 미래에도 단단한 나를 만들어 내는 사람이 되리라 믿는다. 멀티교육 콘텐츠 서비스를 기반으로 한 웹 기반 자기 주도적 학습. 내 마음은 미래를 향하여 가고 있다.

3.

보이지 않는 곳에서 피어나는 마음

출근길 남편이 페인트 상사에서 기름 스테인리스를 구매했다. 놀이터 데크를 덧칠한다고 했다. "내일 비 오기 전 칠을 모두 해야 한다."라며 점심도 건너뛴다. 오후 2시가 다 되었다. 오늘 중 끝내기는 어렵겠다. 서둘러 하던 일을 정리하고 데크 칠을 도왔다. 기름 스테인리스 냄새가 코를 자극하였다. 밥맛 없다는 남편을 채소 반찬이 가득하다며 늦은 식사를 재촉했다.

로라를 넘겨받았다. 긴 막대 로라로 칠하기가 쉬워 보였지만 직접 해 보니 팔이 아팠다. 복장도 어울리지 않게 투피스 차림이라 조심스러웠다. 토시를 하고 장갑을 꼈다. 바닥은 일전에 다른 색을 칠한 터라 흘리면 흔적이 남는다. 바닥에 수건을 길게 깔았다. 심호흡하고 '할 수 있다'를 속으로 되뇌었다. 팔에 힘을 조절하며 로라를 굴렸다. 뜨거운 햇살 아래, 땀을 흘리며 차분하게 한 칸 한 칸 새 단장을 해 주었다. 모서리 부분은 페인트 붓으로 마감하였다.

"어, 제법인데? 잘 칠했어요." 남편이 칭찬했다. "그럼요, 한때 내 꿈은 미술가였는걸요."

"돌아가신 큰 삼촌이 그린 잉어 그림은 진짜 잉어가 살아서 펄쩍 뛰는 듯한 그림이었다."라는 엄마의 말이 생생하다. 그 후로 내 핏줄 어딘가에 화가의 붉은 피가 돌고 있을 것이라는 막연한 유전인자를 꿈꾸었다.

학창 시절 미술 대회에 나가 상을 받은 적도 여러 번 있었다. 유아 교사 때는, 보고 그리는 것은 좀 할 줄 알았다. 그려달라며 종이를 들고 오는 동료에게 그림을 그려 주었던 기억이 떠오른다. 애꿎은 지우개가 많이도 닳았지만 말이다. 아직 그 꿈은 남아 있다. 펼치지 못했을 뿐 언젠가 기회를 만들어야 한다.

인생에서 너무 늦은 때란 없다.

여름 같은 봄 날씨에 다시 로라를 잡고 남편은 열심히 칠을 한다. 참 고 맙다. 2003년 개원 당시, 남편은 건설 현장 소장 경력을 살려 직접 유치원 공사를 맡았다. 그때 무리해서 일한 탓인지, 지금도 허리가 아플 때면 "유치원 짓고 골병이 들었다."라며 투정을 부린다.

개원 후 1년만 도와준다며 15인승 통학 차량 운전을 했다. 딱 1년이었다. 그 후론 대학생을 가르치는 자신의 본업에 충실하였다. 유치원 근처에는 얼씬하지도 않았다. 그러나 20여 년 동안 유치원 운영에 빠지지 않고 참석한 일은 있다. 아이들의 졸업식이다. 남편은 건축학도인 공학 박사다. 나는 유아교육 전공자로 문학 박사 학위복을 입었다. 설립자로서 꼭 참석하여 축사해 주었다. 유치원 원훈이기도 한 '큰 꿈을 가지자'라고 당부한다. 학부모의 노고도 위로하고 아이들에게 책을 많이 읽으라고 말하였다. 은퇴 후 유치원에 출근한다. 20년이 되니 시설물 이곳저곳 손 볼 곳이 많다. 출근하면 실외부터 주변을 정리한다. 울타리 나무를 가꾸고 텃밭을 보살피며 외부 일은 도맡아 해 준다. 고장 난 내부 시설 설비 일도 잘해 낸다.

데크 칠을 마치고 놀이터를 둘러보았다. 역시 사람의 손은 위대하다. 새로 설치한 듯 빛이 난다.

바쁘니까 좋다. 바깥 놀이 쉼터를 완공하고 세부적인 놀이 자료와 구성으로 분주하다. 목공소에서 물길구성 놀이를 할 수 있는 나무도 찾아왔다. 인터넷으로 필요한 것들을 주문하고 다이소에서 여러 놀이 용품을 구매했다.

사용하지 않는다고 인디언 텐트를 가지고 온 교사는 캠핑 놀이로 구성해 볼 거란다. 목공놀이 영역도 만들었다. 목공 도구들은 안전을 위하여 관찰하는 시간을 먼저 갖기로 했다.

2층 트리하우스 놀이 쉼터에서는 도미노 놀이, 나무 쌓기, 카프라 놀이, 쉼이 있는 공간으로 계획한다.

물론, 아이들의 생각이 중요하다. 새롭게 생긴 공간에 무얼 하고 싶어 할지 아이들의 아이디어가 설렌다. 시작은 교사의 손길이지만 다양한 활동은 아이들의 몫이니까. 잘 들어주자. 지원을 아낌없이 하자.

내 마음을 만나는 시간

각 유아의 다름을 인정하고 그 아이가 가진 고유성을 끌어내는 교육에는 놀이만큼 좋은 것은 없다. 자꾸 넣어 주려 하다 보니 아이들이 하고 싶어 하는 것을 궁금해하지 않았다는 깊은 반성이 고개를 든다. 나의 열정은 줄여야 그들의 가능성을 열어 줄 수 있다는 것을 뒤늦게 깨닫는다.

이 일이 좋아서 열심히 한다는 일념으로 달려왔다. 미처 눈여겨보지 못했던 것들에 시선을 주려는 마음은 아직도 집중력이 필요하다. 환경의 변화는 아이들의 활동이 변화하는 것으로 이어질 것이다. 폐품을 활용하여 물의 흐름을 알아갈 수 있는 놀이에 거는 기대가 크다. 우선 물놀이에 좀더 주력할 예정이다. 30도를 웃도는 날씨에 물놀이가 제격이다. 쉼터 완공과 함께 여벌 옷 준비와 맨발 활동을 공지하니 댓글이 올라온다. 아이들만큼 부모님들의 관심이 대단하다.

- 새로운 환경에서 아이들의 웃음소리가 가득할 것 같습니다.
- 아이들이 너무 좋아할 것 같아요. 늘 좋은 환경을 제공해 주셔서 감사합니다.
- 바깥 놀이하는 곳이 엄청 멋있어졌다고 현철이가 말하더라고요. 안에서도 밖에서도 즐겁게 지낼 수 있겠네요. 감사해요~
- 얼른 놀고 싶다고 얘기하던데 아이들이 너무 좋아하겠어요.
- 많은 분의 노력으로 완성되었군요. 항상 아이들을 위해 애써주시는

원장님과 선생님들께 감사드려요. 수고 많으셨습니다.

● 덕분에 편한 마음으로 일하네요. 감사합니다.

　유치원 설립 20주년과 놀이 쉼터 개관식을 준비한다. 6월 중순 무렵 참여 수업으로 운영할 예정이다. 지금이 5월 마지막 주니까 그동안 아이들의 놀이 구성은 더 다양하게 만들어질 것이다.

　놀이 쉼터 사업은 한 달이라는 시간이 소요되었다. 기다림을 배웠다. 모든 일이 형통하진 않았지만, 긍정적으로 생각하였다.

　누가 보든 안 보든 변함없이 자리를 지키는, 아이들이 오고 싶어 하는 즐거운 유치원이 되고 싶다. 나는 아이들과 함께 있을 때의 내가 가장 좋다. 삶이 복잡하고 어려운 길일지라도, 그 길을 누가 보든 안 보든 꿋꿋하게 걸어가고 있다.

4.

가능성은 언제나 내 안에 있었다

오늘 점심으로 무엇을 먹을지부터, 누구와 인생을 함께할지까지 우리는 수많은 선택을 하며 살아간다. 선택은 늘 쉽지 않다. 특히 직장에서 기관의 장이 내리는 결정은 동료들의 마음과 하루의 분위기까지 영향을 미친다.

유치원 운영이 안정되어 가던 2007년, 전국 단위로 '시범 평가 유치원'을 모집한다는 공문을 받았다. 교사들과 의견을 나누었다. 한 교사가 말했다.

"어차피 겪어야 할 일이라면, 지금 해 보는 게 낫지 않을까요?"

모두의 동의로 참여를 결정했다. 평가 항목을 나누어 교사들이 각자의 역할을 담당하고, 전체 총괄은 원장이 맡기로 하였다. 전국 100개 시범 평가 유치원으로 선정되었다.

유치원 시범 평가는 국가 차원에서 유치원 운영을 체계적으로 점검하고 관찰한다. 유치원의 책무성을 강화하고, 유아교육의 질적 수준을 높이는 것이 목적이다. 아울러 교육과정 및 기관의 우수사례를 발굴하고, 유치원 평가의 활성화를 도모한다.

시범 평가 항목은 교육과정, 교육환경, 실외 교육환경 구성의 적합성, 유아의 건강 및 안전, 운영관리, 종일반 운영 등 총 6개 영역으로 구성되었다.

현장 평가단의 방문 평가는 교사 면담, 학급 수업 관찰, 유아들의 급식 상태 등 세밀하게 평가하였다. 또한 월간, 주간, 일일 교육계획안, 예절교육, 기본생활 지도, 자유 선택 활동, 우수사례, 학부모 참여 수업, 유치원 체험교육 등 유치원 운영 전반에 관한 서류를 점검했다.

처음 받아 본 평가는 교육과정 운영을 되돌아보는 기회였다. 부족한 부분은 보완하고, 잘한 부분은 칭찬할 수 있는 시간이었다. 무엇보다 우리가 선택하고 준비한 시범 평가이었기에 더욱 의미 있었다.

해내었다는 성취감으로 고마운 시간이었다. 돌아보면 교사들의 수고와 학부모님의 따뜻한 격려가 있었기에 가능했다. 유치원 공동체가 함께 만들어 낸 값진 경험이었다.

꼭 10년 만이다. 오로지 가능성에 초점을 맞추어 2017년 '제3회 전국 50대 교육과정 우수유치원' 공모에 도전했다. 어쩌면 이 공모전은 은퇴를 앞두고 아이들에게 선물하는 마지막 선택이라는 생각이 들었다.

'제3회 전국 50대 교육과정 우수유치원 선정'은 전국 공·사립유치원을 대상으로 연령별 누리과정의 기본원칙에 충실한 양질의 교육과정을 발굴하고 확산하기 위한 사업이다.

시도 교육청이 먼저 1차로 서면 심사와 현장 실사를 통해 지역의 우수유치원을 선정해 교육부에 추천한다. 교육부에서는 다시 2차 현장 심사를 통해 최종적으로 전국 50개 유치원을 선발한다.

2007년 시범 평가는 교사들의 주도로 한마음으로 시작하였다. 그러나 2017년 50대 교육과정은 반신반의하는 교사들의 마음을 추스르며 조심스럽게 출발하였다.

무언가를 시작하려면 먼저 저항을 누그러뜨려야 한다. 교사들의 불안을 잘 잠재우고 그들의 관점에서 출발해야 한다. 방어적인 태도가 편안한 마음으로 되기까지 분위기를 조성하는 것이 먼저였다.

원장은 그림자처럼 뒤에서 묵묵히 판을 깔아 주고 외부의 힘을 빌렸다. 교사들의 마인드 교육이 우선이었다. 교사 교육을 위하여 경주, 포항, 대구에서 먼 거리 마다하지 않고 강의 시간을 내준 친구 B 원장과 K 원장, K 원감이 고마웠다. 손을 내밀면 언제나 따뜻하게 손을 맞잡아 줄 그 누군가가 곁에 있다는 것은 큰 자산이며 용기와 힘이었다.

주중에는 수업과 교실 영역 개선을 위하여 선진 공사립 유치원에 교사들을 순차적으로 참관하도록 했다. 경상북도와 지역 교육청에서는 1차, 2차 공모에 선정된 단설유치원의 수석 교사와 원감, 원장의 현장 지도를 주선해 주었다. 교사들의 변화가 눈에 보이기 시작하였다. 수업과 활동 그리고 환경을 고민한 흔적들이 교실 곳곳에서 조금씩 나타나고 있었다.

이 공모에 신청하기까지 수없이 망설였다. 잘 해낼 수 있을까? 교사들은 과연 따라와 줄까? 여러 생각이 머리를 스쳤다. 친구 K가 건넨 말이 용기를 북돋워 주었다.

"너라면 할 수 있어. 역량이 충분해. 일단 시작하면, 얼마든지 해낼 수 있을 거야. 다시 오는 기회가 아닐 수도 있어. 지금 잡아야 해."

그 말을 들으며 생각했다. 맞다. 사람은 '해야 할 이유'를 가질 때, 과정이 아무리 어렵고 힘들어도 결국 참아 내고 끝까지 해낸다. 언제나 새로운 도전 앞에서는 망설임이 따른다. 하지만 이 공모에 참여하고자 했던 가장 큰 이유는, 단순히 '상'을 받는 데에 있지 않았다.

참여하는 그 과정만으로도 교육환경이 바뀌고, 수업의 질이 향상된다. 무엇보다 교사들의 잠재된 역량과 연구력이 끌어올려지는 긍정적인 변화를 경험할 수 있다는 확신이 있었다. 누리과정의 기본 원칙을 중심으로 실천할 수 있는 인성 중심 교육을 강화했다. 유아들이 가진 꿈과 끼가 더욱 자연스럽게 피어날 수 있도록 하고 싶었다.

전국 50대 교육과정 우수유치원으로 표창장을 받았다. 유치원은 물론 실무자에게도 교육부장관상을 주었다. 교무부장과 함께 대전으로 상을 받으러 갔다. 유아들을 가르치는 것과 교사로서의 마음가짐에 관한 이야기를 나누었다.

"말(馬)을 강가까지는 데려갈 수 있어도, 억지로 물을 먹일 수는 없다." 라는 말이 있다. 자신감 없어 하던 교사들의 마음을 얻기까지, 교무부장으로서 추진하는 일이 쉽지 않았을 것이다.

원장은 목마른 자가 되어 우물을 팠다.

다음 해, 교사 3분의 2가 이직을 원했다. 배우기는 했지만, 힘이 들었다고 하였다. 변화를 꿈꾸는 일에 나는 살아 있음을 느꼈고 교사들은 고달파했다.

어떤 일이든 헤쳐 나가는 과정은 힘이 든다. 최선이었고 옳다고 생각했던 과정에서 원장과 교사의 마음이 달랐다.

고난이 없으면 감사한 마음도 없다. 평안하거나 순탄한 생활에서 깨달음이란 없다. 어렵고 힘든 시간을 맞이해야 배울 수 있다. 버티고 이겨 내어야 배움과 결과가 있다.

5.

속마음을 들키고 알게 된 것들

식당 한 벽면에 '인생도 회처럼 날로 먹고 싶다'라는 액자가 있었다. 읽는 순간 가슴이 요동쳤다. 날로 먹고 싶다는 것에 왜 격하게 공감하지? 인생 거저먹고 싶다는 것 아닌가? 그렇다. 당장 날로 먹고 싶어졌다. 아무런 노력 없이 편하게 살고 싶었다. 한 줄 문장에 현혹되는 마음을 진정시켰다.

세상에 공짜는 없다. 삶이란 익히고, 삭이고, 태우고, 눌어붙고, 꾸준하기도, 꾹 참기도 해야 한다. 힘들게 살아온 세월 누구에게나 있다. 힘 안 들이고 살고 싶다는 마음, 나에게도 있다. 눈물 흘리며 빵을 먹어 보았다. 돈이 궁했을 때 여기저기 흩어져 있는 돈을 줍던 꿈도 꾸었다. 교사 월급을 마이너스 통장으로 근근이 꾸려갔던 시절도 있었다.

과거 서울역 앞에서 복권을 구매했다. 대구로 오는 기차 안에서 몇 시간 동안 상상했다. 복권에 당첨되면 어떻게 쓸까? 백만장자가 된 듯 여기 저기 인심 쓰면서 행복하게 기차여행을 하였다. 모교에 장학금도 주고, 어렵게 살아가는 친척을 돕고, 나에게는 무얼 선물할까 고민했다. 구체적으로 금액과 명단을 적었다. 결코, 부질없는 일이라 생각하지 않았다. 그렇게 하고 싶었고, 되고 싶었다. 번호를 맞추어 봤다. 당첨되지 않았지만 크게 웃을 수 있었다. 더 열심히 살아야 할 이유라 생각했다.

　나의 부자 기준은 '남에게 돈을 빌리지 않는 삶'이었다.

　2019년 교육유공자로 선발되어 경상북도 교육청에서 주관하는 공사립 교원 해외연수를 갔다. 귀국하는 영국 히드로 공항에서 부자의 기준이 바뀌는 사건이 일어났다. 공항 내 방송에서 나의 이름을 호출했다. 탑승 출구 쪽으로 오라고 했다. 가이드와 함께 영문을 몰라 당황했다. 어머나, 세상에. 모닝캄 회원이라고 이코노미석에서 비즈니스석으로 비행기 좌석 업그레이드를 해 준다는 것이었다. 일행들의 부러움을 뒤로 하며 비행기 2층 프레스티지석으로 향했다. 좌석도 넓고 편했다. 180도까지 침대처럼 펴져서 누워올 수 있었다. 기내식의 음식과 간식 메뉴도 이코노미석과 달랐다. 칵테일 전용 바(bar)도 있었다. 아직도 믿기지 않는다. 그때가 환갑이었다. 그들이 그걸 알고 배려하여 주었을까? 어찌하건 인천공항까지 13시간의 호사가 꿈만 같았다. 대한항공 홈페이지에 긴 글의 감사 메일을 보냈다. 답은 없었다.

　그 후, 부자의 기준은 바뀌었다. 비행기로 장거리 여행할 때, 비즈니스석을 타고 가는 것으로!

사람은 간사하다. 누구는 해외여행조차 가 보지 못했을 수도 있는데 좌석 타령을 한다. 말 타면 노비 세우고 싶어 한다는 옛말이 딱 맞다. 자신의 과한 욕망을 억제하고 줄여야 한다. 여행을 할 수 있는 것만으로도 감사한 일이다.

지금의 나는 인생에서 내가 했던 선택들로 이뤄져 있다. 내 직업이 곧 나는 아니다. 지금까지 해온 많은 일들 중 하나일 뿐 내 이름 석 자조차도, 나를 구분 짓는 하나의 이름표일 뿐이다.

유아교육을 선택한 것 역시 선생님이 되고 싶었던 나의 선택이었다. 유치원 교사로 20년, 원장으로 20년간 40여 년 유아들과 선생님, 학부모를 만났다. 사십여 년 아이들과 함께한 삶이라 행복했다. 앞만 보고 열심히 살아오게 해 준 유아, 교사, 학부모에게 감사한다. 성장할 수 있었고 도전의 시작을 열어 주었다. 꾸준하게 한 길을 걸어온 나에게 '고맙다'라는 말을 하고 싶다.

안정적인 삶을 살아가고 있다. '날로' 이룬 것 아니다. 잠을 줄였다. 절약하려고 다리품을 팔았다. 교육 프로그램 검색으로 시간을 투자하고 아이디어를 내었다. 일인 다역으로 보냈다. 누군가 말했다. 유치원을 개원하면 아이들이 저절로 오는 줄 알았다고.

원장은 우아하게 교무실에 앉아 있으면 되는 줄 알았다고. 아니다. 아이들 급식을 위해 시장으로 달려갔다. 조리사가 결근하면 주방에서 점심 준비를 하였다. 다친 아이 안고 마음 졸이며 병원으로 향했다. 마음 아픈 아이를 달래며 어르고 했다. 속 썩이는 교사를 만나기도 하였다. 아이들의 견학 장소를 사전 답사했다. 학부모와 소통을 위해 고민했다. 원장의 뒷모습을 보고 교사들이 따라온다. 고달파도 힘을 내고 솔선수범하였다.

　지금 이 자리, 땀과 눈물과 피 같은 공간이다. 날로 먹고 싶다는 마음은 고생하여 보았기에 나오는 푸념 같은 것으로 생각한다. 아파보았기에 다시는 상처받기 싫은 마음이다. 세상에 거저 얻는 것은 없다. 날로 먹겠다는 도둑 심보를 떨쳐낸다. 절대 그래선 안 되는 데 속마음 들킨 날이다.

6.

조금 느려도 괜찮아

　김천에 있는 R 유치원 체험장에서 원장 여섯 명이 만났다. L 원장은 연구자료 한 보따리를 풀어놓았다. 기본생활 습관 활동과 어린이날, 어버이날, 1학기 그림책 활동을 의논했다. '하하 호호' 즐겁게 저마다의 창의적인 생각을 나누었다. 이리할까요? 저리할까요? 이건 어때요? 저건 어때요? 요렇게도 해 보았어요. 하나하나 자료를 내보일 때마다 그 수고와 노력에 감동한다.

　놀이와 그림, 브로마이드와 활동까지 다양하게 연출하였다. 수없이 시도한 작업의 흔적을 고스란히 느끼며 다 차려진 밥상에 숟가락을 얹는 기분이다.

　이것도 팔자다. 자료들을 설명할 때마다 그녀의 얼굴에 웃음이 끊이지 않는다. 눈빛이 살아 있다. 더 잘할 수 있는 방법을 찾는 호기심 천국이다. 내가 할 수 있는, 나만이 해낼 수 있는 프로젝트를 공유한다. 평생의 일이 즐거워지는 나눔과 배움에 행복해하는 모습이다. 덩달아 우리도 행복하다.

어쩌면 유치원 아이들에게 흥미롭고 다양한 접근으로 놀이를 시도하는 건 유년 시절, 우리의 결핍도 한몫하는 건 아닐까?

노트북에 자료 내용을 기록하는 H 원감은 젊은 나이답게 톡톡 튀는 의견을 가감 없이 쏟아 내었다. 부산에서 먼 길 달려온 S 원장은 검색한 것을 알려 주었다. L 원장의 기발한 아이디어에 대구, 대전, 김천 원장은 '멋지다'라는 추임새를 잊지 않는다.

자료를 사진 찍고 카톡에 올린다. 놀이가 곧 일이고 아이들의 놀이가 직업이다. 누가 뭐래도 세상에서 가장 아름다운 우리들의 업이 아닌가? 서로에게 감탄, 감동하며 소진된 에너지를 무한 보충할 수 있는 보람된 일이다.

동행하였던 J 원장은 맛난 과일을 준비하고 김천 Y 원장은 담백한 국수와 '오단이 김밥'으로 한 상 차렸다. 울산 L 원장은 연구자료를 잔뜩 전시하며 지혜의 배를 채워 주었다.

시간은 봄비와 함께 젖어 들고 연구 내용을 마음에 품고 아쉬운 자리를 일어섰다. Y 원장은 체험장 텃밭에서 수확한 유기농 상추를 한 보따리씩 안겨 주었다. J 원감의 차로 김천(구미)역에 도착했다. 항상 우리의 발이 기꺼이 되어 주어 미안하고 고맙다.

기차 시간에 쫓기며 대전으로 자료를 나눔을 하러 가는 L 원장팀과 홀로 대구 집으로 가는 나.

익숙한 듯 익숙하지 않은 이 느낌. 혼자 남겨진 듯한 낯섦. 창밖엔 봄비가 부딪힌다. 부딪치고 깨어져 보았던 세월을 지났는데도 아직 혼자 있는 시간이 익숙하지 않다. 양가감정을 느낀다. 옆자리에 사람 없음이 지극히 고맙기도 외롭기도 하다. 휴대전화를 열고 혼자인 시간을 정리한다.

어제, 위와 대장 내시경 검사를 한다고 음식을 먹지 못했다.

단 삼 일이었지만 양념 반찬과 김치, 통닭이 절로 생각났다.

건강하니까 번개 모임도 가능하다. 내게 주어진 일과 내가 잘할 수 있는 일을 연결할 수 있는 에너지는 함께의 힘이다. 아이들을 섬긴다는 마음으로 시작했다. 그 누가 알아주지 않아도 묵묵히 이 길을 걸어왔다.

혹자는 유치원 운영을 영리에 혈안이 된 사업체로 매도했지만, 처칠의 가장 짧은 연설을 기억한다.

"여러분, 포기하지 마십시오. 포기하지 마십시오. 절대로 포기하지 마십시오!"

누군가는 해야 할 일이기 때문이다. 그 일을 40여 년 해 왔고 우여곡절이 많았던 세월도 보냈다. 유아교육의 길 위에서 만난 아이들과 학부모와 교사, 동료 원장들. 길의 종류만큼 이어지고 헤어지고 낯설고 익숙해졌다. 오늘 만남의 길에서 또 꿈을 꾸었다.

연구자료들이 아이들에게 즐거운 놀이로 젖어 들었으면 좋겠다. 교사들에게는 숙제가 아닌 축제가 되길 기대했다. 활동 자료가 익숙함으로 되기까지 교사들의 열린 마음이 필요하다. 무엇을 하든 공헌할 수 있는 일을 우리가 함께하고 있다는 생각을 가졌으면 좋겠다. 하나하나 꺼내는 신기한 마술 주머니처럼 연구자료들이 멋진 선물로 아이들에게 적용되길 바랐다.

교사들에게 새로운 시도는 불편하고 힘이 든다. 일로써가 아니라 놀이로 아이들과 함께 배움을 통해 성장하기를 기대한다.

나 자신에게도, 같은 길을 걷고 있는 교사들에게도 재촉하고 다그치며 살아왔다. 이제는 말하기 전에 입에서 웅얼거리는 연습을 한다. 적절한 말인지 또 앞서가는지를.

조금 느려도 괜찮은데 브레이크 없는 시간을 보냈다. 중요한 것은 방향이다. 어디로 가고 있는지 목적지를 잊지 않는 마음이다.

삶에는 여유가 필요하다. 조금 느려도 괜찮고, 잠시 멈춰도 괜찮다. 성급하게 판단하지 않고, 너그러운 마음으로 하루를 바라보는 것. 그것이야말로 더 나은 삶을 위한 시작이다. 여유는 사치가 아니라 회복의 공간이다. 몸과 마음이 숨을 고르고, 소중한 사람들과의 관계를 되돌아보게 하며, 무엇보다 나 자신을 돌볼 수 있는 시간이다. 조금 천천히, 그러나 단단하게 걸어가는 삶. 그 속에서 우리는 비로소 진짜 행복을 만날 수 있다.

일상의 여유를 가지려면 첫째, 하루 일정을 계획할 때 여유 시간을 포함

한다. 둘째, 반드시 해야 할 일과 그렇지 않은 일을 구분해 시간을 확보한다. 셋째, 매일 일정한 시간에 산책, 명상, 독서 등 마음을 비우는 활동을 한다. 넷째, 스마트폰이나 SNS 사용을 줄인다. 다섯째, 자연 속에서 시간을 보내며 정신적 안정과 휴식을 취한다.

상황을 여유 있게 지켜보고 충분한 시간을 만들어 내 것으로 활용한다. 속도를 줄이고 시야를 넓혀보면 또 다른 것이 보일 수 있다. 좀 느려도 괜찮다. 나를, 주변을 다그치지 말자.

내 마음을 만나는 시간

7.

아이는 보는 대로 자란다

교사로 근무할 때였다. 입학 후 학부모 면담 시간이었다.

"선생님 우리 아이는 김치를 먹지 않으니 절대 주지 마세요."

'김치를 먹을 수 있도록 잘 지도해 주세요.'라는 말이 더 정답일 듯한데 말이다. 점심시간마다 김치를 먹지 않는 아이 옆에 앉았다. 나는 김치를 물에 씻어 잘게 찢으며 맛나게 먹었다.

"물에 씻었으니 하나도 안 매워.", "잘게 찢어 조금씩 맛보니 더 맛나네.", "한번 먹어 볼까? 용기가 생기면 말해."

아이의 반응을 살피며 말했다.

"진짜 안 매워요?", "진짜 맛나요?" 호기심으로 한 조각 먹어 본 아이는 맛나게 먹었다.

못 먹게 하고 안 하게 하기보다 방법을 달리하여 할 수 있게 하는 것이 교사의 할 일이다.

"선생님 우리 아이는 발표를 안 하니까 시키지 마세요. 다른 기관에서는 재롱잔치도 참가 안 했어요."

부담 없이 발표할 수 있도록 지도해 달라고 하면 좋았을 텐데. 어머니의 마음을 조금 바꿔보고 싶었다.

'어떻게 하면 마음의 문을 열고 나오게 할까?' 아이들이 좋아하는 동요 〈코끼리와 거미줄〉을 활용했다. 친구들이 돌아가며 이름을 불러주는 활동이다. 자연스럽게 시작했다. 친구가 아영이의 이름을 불러주자 얼굴이 빨개졌지만, 용기를 내어 앞으로 나왔다. 또 다른 친구의 이름을 불러주며 활동에 참여했다. 아이들은 '잘한다, 잘한다'라는 말속에서 스스로 자라는 모습을 보여 준다. 변화의 순간을 지켜보는 일은 교사로서 큰 긍지이자 보람이다.

어린이날 기념 소운동회 때였다. 아영이의 얼굴은 홍당무처럼 물들었지만, 큰소리로 노래 부르고 율동하는 모습에 어머니는 눈물을 글썽였다.

이런 아이들은 마치 달팽이와도 같다. 손끝으로 살짝만 건드려도 껍질 속으로 숨고 만다. 억지로 끌어내기보다 동기만 부여해 주고 조용히 기다려야 한다. 아이는 언젠가 스스로 나올 준비가 되면 천천히, 발을 내디딘다.

정신분석학자 에릭 에릭슨(Erik Erikson)은 만 6세에서 12세 사이, 자신에 대한 부정적인 인식이 생기면 평생 열등감에 시달릴 수 있다고 말한다. 마음속으로는 참여하고 싶지만, 행동으로 옮기지 못하는 아이들이 있다. 그런 아이에게는 즐겁고 안전한 분위기 속에서 용기를 가질 수 있도록 도와줘야 한다.

내 마음을 만나는 시간

친구들의 모습을 관찰하면서 조금씩 마음의 준비를 하는 시간을 주는 것도 중요하다. 아이들이 자기 속도로 세상과 연결될 수 있도록 믿고 기다리는 사람이 되어야 한다.

아이들은 말보다 행동을 통해 더 많이 배운다. 어른의 말은 순간 스쳐 지나가지만, 반복되는 행동은 아이들의 마음에 새겨진다. 아이에게 일찍 자는 습관을 들이고 싶다면, 부모가 먼저 스스로 규칙적인 생활을 실천해야 한다. 인사 예절을 가르치고 싶다면, 일상 속에서 자연스럽게 몸을 낮추고 정중히 인사하는 모습을 보여 주는 것이다.

어른의 행동은 아이들의 거울이 된다. 아이들은 시키는 대로가 아니라, 보는 대로 자란다. 함께 살아가는 어른의 말과 태도, 감정의 표현 하나하나가 아이의 성장에 영향을 미친다. 결국 아이들을 키운다는 것은, 스스로 어떤 모습으로 살아가느냐를 돌아보는 일과 같다.

졸업생이 편지를 썼다. "원장 선생님, 우리 동생도 잘 보살펴 주세요." 처음엔 가로글씨로 썼다가, 미덥지 않았는지 그 아래에 세로글씨로 다시 썼다. "원장 선생님, 우리 동생 많이 사랑해 주세요." 형의 동생을 향한 애틋한 마음이 고스란히 전해졌다.

"동생 걱정이 많이 되니?" 기특한 형에게 물었다. 걱정스러운 얼굴로 말했다. "놀이방도 재미없다고 안 가는데, 우리 유치원도 안 갈까 봐 걱정이에요."

동생이 자라 어느덧 졸업을 맞이했다. 졸업식 날 환송사를 하며 3년 전, 형의 마음을 떠올렸다. 간직하고 있었던 편지를 보여 주며 학부모와 이야기를 나누었다.

인공지능(AI), 제4차 산업혁명의 시대라지만 AI가 형제간의 애틋한 정을 대신할 수 있을까?

우리는 점점 사람 사이의 '소통'이 더욱 중요한 시대를 살아가고 있다. 누군가는 말한다. 손이 따뜻한 사람은 인정이 많고, 손이 차가운 사람은 지적인 사람이라고. 체온은 가까이 있어야만 느낄 수 있다. 마음의 온도는 멀리 있어도 전해진다. 몸의 온기는 나 하나를 데우는 데 그치지만, 마음의 온기는 다른 사람의 마음까지 따뜻하게 덥힌다.

지식은 효과적인 교수법으로 가르칠 수 있다. 그러나 올바른 마음과 가치 있는 삶은, 결국 흔들림 없이 살아가는 모습으로 보여 주는 것이다. 말보다 행동이 더 큰 가르침이 된다. 유치원에서 교사는 아이들에게 가장 가까운 거울이다. 아이들은 교사의 표정, 말투, 행동 하나하나를 그대로 흡수하며 자란다.

아이를 위해 우리가 먼저 해야 할 일은 나 자신이 바르게 살아가는 것이다. 아이는 교사와 부모의 뒷모습을 보고 자라고, 교사는 원장의 뒷모습을 보며 배운다.

진정한 교육은 말이 아니라 삶으로 이루어진다.

8.

마음도 익어 가는 시간

"제가 다시 유치원에 다니고 싶을 정도로 정말 재미있었어요." 이 말은 6세 시원이 어머니가 참여 수업을 마친 뒤 들려준 소감이다.

평소 꾸준히 실천해 온 프로그램을 중심으로 수업이 진행되었다. '이달의 동시 · 동요', '교실 영어', '스티커 붙이기', '그림자 글씨 쓰기', '동화 듣기', 그리고 유치원 앞마당에서 '이응' 글자를 활용한 놀이다. 나이에 따라 활동도 조금씩 달랐다. 5세는 점토로 글자 만들기, 6세는 글자 우주 꾸미기, 7세는 드럼 연주하기를 했다.

물론, 단 2시간의 참여 수업만으로 유치원에서의 하루를 모두 보여 줄 수는 없다. 7세 다영이 어머니는 수업을 마친 뒤 "멋진 하루였습니다."라는 소감을 남겼다. 딸과 함께해서 행복했고, 좋은 시간을 만들어 줘 감사하다고 적었다.

학부모들의 참여 소감 중 약 90%는 "우리 아이가 적극적으로 참여하는 모습이 대견하다.", "친구들과 잘 지내는 모습을 보니 뿌듯하다."라는 내용이었다. 5세 은정이 어머니는 "글자를 안다는 게 감동입니다.", "교사의 노력이 느껴지는 수업이었습니다."라며 격려하는 글을 남겼다. "우리 아이가 말이 없어 걱정이에요.", "발표도 잘하던 아이가 부끄러워하며 말을 아껴요." 걱정을 전하는 학부모도 있었다.

하준이 어머니는 "유치원 가기를 좋아해요."라며 "다양한 교육을 하고 있어 만족합니다."라고 적었다.

수업은 실물화상기, 패들렛 앱, VR 액션 Q, 모션 플레이 3D 영상, 동화 PPT를 활용한 수업이었다.

학부모 소감을 한 줄 한 줄 밑줄을 그으며 읽었다. 상담이 필요한 곳에는 스티커 표시를 해두었다. 추후 교사의 세심한 지도가 필요한 글에는 '별(☆)' 표시를 하였다.

코로나 이후 4년 만에 다시 열린 학부모 참여 수업은, 가정과 연계를 강화하고 유아의 전인적 발달을 돕는 중요한 교육활동이다. 학부모가 유치원을 방문하여 자녀의 수업 활동을 이해하고 관찰하거나 참여한다.

이번 수업은 유아가 놀이를 통해 자발적으로 학습하는 유아 주도 교육에 중점을 두었다. 교사는 수업 연구를 하고 발문과 시연을 통해 수업의 흐름을 점검한다.

다른 교사의 공개 시연은 수업의 새로운 접근법이나 교수 전략을 배울 수 있다. 긍정적인 자극이 되기도 한다. 아이들을 대상으로 자연스럽게 하던 수업도 동료 교사 앞에서 '시연'이라는 이름이 붙는 순간 부담이 생길 수 있다. 첫 수업 시연이었다. S반 교사의 음성이 떨렸다. 상호작용을 잘하는 교사다. 긴장하는 모습이 보였다. 자연스럽게, 반 아이들과 하는 것처럼 평상시처럼 하라고 격려했다. 시연은 자신의 수업 방식과 부족한 점을 객관적으로 되돌아보는 기회가 된다. 때로는 동료의 피드백을 통해 자신의 강점을 발견하고, 자신감을 얻는 계기도 된다. 말의 억양과 동화 들려줄 때의 방법, 제시하는 자료의 위치 등 참관 소감을 나누었다.

동료 장학의 날처럼 멘토와 멘티가 되어 서로 효율적인 교수 방법을 연구하고 나누었다. 한마음이 되어 수업에 대한 아이디어를 공유하는 교사들의 모습이 대견했다. 원장의 역할은 전체 흐름을 읽고 조율하는 것이다. 교사들의 에너지를 북돋우는 일 또한 내가 해야 할 몫이다.

교사들이 즐겁게 준비하는 모습, 서로 칭찬하며 격려하는 모습이 고마웠다.

수업을 준비하고 진행하는 과정에서 교사는 심리적, 업무적 부담을 크게 느낀다. 일부 학부모는 교사의 수업을 비교하거나 평가하면서 불필요한 오해가 생기기도 한다. 직장, 개인 사정 등으로 학부모 참여가 어려울 때는 형평성 문제가 생길 수 있다. 학부모와 소통과 협력이 어려운 상황에서도 긍정적 태도를 유지한다.

예전에 EBS의 〈긍정의 힘〉이라는 영상을 본 적 있다. 영상 속 엄마는 바구니를 들고 있었고, 아이는 공을 바구니에 넣는 게임을 하고 있었다. "옳지, 잘했어, 조금만 더 힘을 내봐, 괜찮아, 그래!" 엄마가 긍정의 말을 많이 해 줄수록 아이는 공을 더 많이, 더 정확하게 넣었다. 어찌 보면 당연한 결과일 수 있다. 하지만 우리는 실생활에서 얼마나 긍정의 언어를 사용하고 있는지 돌아본다.

아이들 곁에서 생활하는 사람으로서 긍정적인 언어를 의식적으로 사용하려고 노력한다. 예를 들어 유치원에서는 '뛰지 마세요' 대신 '걸어 다녀요', '떠들지 마세요' 대신 '작은 소리로 말해요'처럼 표현을 바꾸어 말한다. 단순히 말투를 바꾸는 것처럼 보일 수 있지만, 내 안에 긍정성이 부족할 땐 불편한 감정부터 쏟아 낼 수 있다.

아이들의 시선

오늘 함께 나누고 싶은 주제는 '시선'입니다.

원장으로서 선생님의 노고를 이해하고, 그 마음을 헤아리려 늘 노력하고 있습니다.

하지만 우리가 가장 조심하고, 늘 마음에 두어야 할 시선은 바로 '아이들의 눈' 아닐까요?

걸음걸이, 말투, 인사하는 태도, 급식이나 간식을 나눠주는 사소한 순간까지 아이들은 우리를 보고, 또 배웁니다.

선생님을 믿고 따르는 아이들에게, 조금 더 바르고 편안한 모습을 만들어 갑시다.

아이들이 부모님께 선생님의 이야기를 하듯, 교사의 말과 행동도 부모님께 그대로 전해질 수 있겠지요.

가장 중요한 것은 나 자신에게 부끄럽지 않은 태도를 위해 함께 노력해요.

주말 동안 재충전하고, 다시 힘을 냅시다.

참여 수업은 학부모와 원장이 교사의 수고로움을 직접 느낄 수 있다. 부모와 교사가 함께 아이를 지지해 주는 시간이다. 단순히 유아의 활동을 지켜보는 자리를 넘어 아이의 성장에 가정과 유치원이 협력하는 날이다. 때로는 준비과정이 고되기도 하고, 완벽하지 않을 수 있다. 하지만 그 안에는 아이를 향한 서로의 마음이 담겨 있어야 한다. 학부모는 자녀의 유치원 생활을 직접 확인하고, 교사와의 소통을 통해 교육 방향에 대한 공감대를 형성할 수 있다. 아이들은 부모가 자신의 유치원 생활에 관심을 가진다는 사실로도 자긍심을 느끼고, 마음의 안정을 느낄 수 있다.

누구나 잘하고 싶은 마음이 있다. 교사는 교사대로, 아이는 아이대로. 학부모도 마찬가지다. 아이가 잘 참여했으면 하는 바람을 품는다.

참여 수업은 그런 마음들이 모이는 날이다. 교사는 몇 날 며칠을 고민하며 준비했고, 아이들은 '멋진 모습'을 보여 주려 애썼다. 학부모들은 마음이 설레면서도, 혹여 아이가 긴장할까 조심스러웠을 것이다. 잘하려는 마음보다 함께 하려는 마음이 더 중요하다는 걸 다시 배운다.

교사도 마음이 익어 가는 시간이었고, 부모로서도 아이를 새롭게 발견하는 날이었으면 했다. 익어 간다는 것은 곧 기다림이고, 자연스러움을 받아들이는 일이다.

교사로서 자기 정체성과 교육의 의미를 발견하는 일이야말로, 진정한 '선생님다움'을 갖추고 익어 가는 과정이 아닐까?

제5장

마음이
머무는 자리

1.

즐기는 사람이 되자

매주 1시간씩 크로마하프를 배우러 간다. 음악 학원까지 운전해 주는 남편은 내가 연습하는 동안 근처를 산책하며 기다린다. 집으로 오는 길에 "오늘은 중학교 때 시립합창단에서 불렀던 곡이었어요. 그때 배운 노래가 악기연주에 도움 될 줄 몰랐네요."라고 말했다. 가장 기억에 남는 노래를 불러보라는 말에 가곡 '비목'을 열창했다. 남편도 흥얼거리며 따라 부르더니 〈홍하의 골짜기(Red River Valley)〉를 불렀다. 감미롭고 부드러운 바리톤 음성이다. 고등학교 시절, 음악 선생님이 성악을 전공해 보라고 권유했다고 한다. 소풍 때 장기자랑에서 1등을 했던 기억도 꺼내놓았다.

스티브 잡스는 밥 딜런의 노래에서 위안을 얻으며 마음을 다스렸다고 한다. 나도 크로마하프를 연주하고 노래를 부르면서 음악이 주는 긍정의 힘을 느낀다.

돌이켜보면 삶의 시기마다 내 마음을 다독여준 '인생 주제곡'들이 있다.

코로나 대유행 시기, 모두가 불안과 우울 속에 있던 그때, TV 프로그램 〈미스터 트롯〉은 큰 인기를 끌었다. 목요일 밤이면, 약 두 시간 동안 경연을 지켜보았다. 출연자들의 선곡은 시청자들의 감성을 자극했고, 무명 시절을 견뎌낸 그들의 진솔한 이야기는 더 큰 감동으로 다가왔다.

'역경을 뒤집으면 경력이 된다'라는 말처럼, 그들은 힘든 시간을 지나며 지금의 자리에 올랐다. 삶을 사랑하고, 자신을 믿으며 포기하지 않았기에 그들의 노래는 울림으로 남는다.

대구시 교육청 주관 연구 시범유치원 수업을 참관하러 갔을 때였다. 어느 한 반에서 유치원 교사가 크로마하프를 연주하며 아이들과 노래를 부르고 있었다. 그 모습이 천상의 세계 같았다. 유치원에서 피아노가 주된 악기다. 크로마하프는 아이들의 눈빛과 표정을 읽으며 교사와 마주 보고 교감할 수 있었다. '나도 저 악기를 꼭 배워야지!' 했던 것이 내 나이 삼십 대 초반으로 기억한다. 육십 대가 넘어서 배우는 악기지만 지금이라도 만나 행복하다.

주말 일정에 우선순위를 두며 2년여를 다녔다. 아직 홀로 연주는 어렵다. 선생님과 함께하면 제법 듣기 좋은 소리로 들린다. 선생님의 연주 기법을 따라 한다. 연습할 때 악보대로 연주하지 않고 어물쩍 넘어가 버리면 정확하게 찾는다. 한 치의 오차도 없이 매번 그러하다. 그리고 형광펜으로 하나하나 짚어 준다. 안 되는 부분은 반복시킨다. 처음에는 동영상으로 선생님의 연주를 촬영해서 연습해 오라고 하였다. 음악에 큰 소질이 없는 나지만 이제 나름 소리를 좀 낼 줄 안다. 완벽하고 정확하게 연주할 수 있는 깊이 있는 연습은 필요하다. 새로운 곡을 연주하는 것도 중요하지만 복습하고, 했던 것을 다시 재음미할 필요가 있다. 음악이 위안이 되어 참 좋다. 연주하는 것도 인생살이도 마찬가지인 것 같다. 인생살이에서 어물쩍 넘어가려 할 때 옆에서 다잡아 주는 선생님은 누구일까? 악보를 연주하는 것처럼 그때마다 콕콕 짚어 주는 인생 멘토가 있으면 참 좋겠다.

'부모 힐링 특강' 시간을 가졌다. 참석하는 학부모와 분위기 멋진 식당에서 따뜻한 식사로 마음을 나누고 싶었다. 육아와 가사에 지친 삶을 잠시나마 내려놓는 시간이 되게 하고 싶었다.

오롯이 나를 위한 힐링의 시간이 되었으면 하는 바람이었다. 마침 강의 주제도 '내 친구 나를 소개합니다'였다. 부모 교육 강사는 '유쾌한 송자 아카데미' 대표이며 광주에서 왔다. 개인 저서도 세 권 출간하였다. 25시간을 살아 내는 분이다. 새벽 기상 줌모임 438에서 뵈었다. 간간이 전화로 안부를 묻고 매월 문자로 마음을 전한다. 옷깃만 스쳐도 인연이라는 끈을 단단하게 이어 준다.

참석한 열두 명의 어머니와 강의를 들었다. 식사 후 차와 함께 담소를 나누었다. 강의 시작 전, 조금은 어수선할 때 크로마하프 연주를 들려주었다.

정성으로 연습하고 들려주는 크로마하프 연주다. 21 코드와 36줄의 현으로 되어 있다. 우리나라에는 오래전 미국 선교사들과 6·25 당시 유엔군으로 참전한 미국 군목이, 예배 인도를 위해 사용하며 알려졌다. 1971년 요들송 가수 김홍철 씨에 의해 대중적으로 소개되었다. 1980년부터 악기가 국산화되어 본격적으로 보급되었다. 연주 방법은 리듬 주법(Rhythm)과 멜로디(Melody) 주법 등 다양하게 연주할 수 있다. C, D, G, F 등 여러 가지 코드가 있어 손가락으로 누르면 예쁜 소리가 난다.

동요와 대중가요를 연주했다.

음악과 함께 편안한 분위기 속에서 강사님과 버츄카드를 활용해 자신을 돌아보았다. 이어진 웃음치료는 마음껏 웃으며 힐링의 시간을 보냈다. 특강이 끝난 후, 2학기에 한 번 더 부모 힐링 특강을 열어달라는 요청이 많았다.

졸업식에는 크로마하프로 〈어머님 은혜〉와 〈작별〉을 연주했다. 수료식 때에도 진급하는 유아들에게 악기 설명과 함께 들려주었다.

배움은 끝이 없다. 부족하다고 느낄 때면 남들이 한 시간 할 것을 두세 시간 더 연습했다. 젊을 때는 말처럼 달리고 소처럼 우직하게 배웠다. 육십 중반을 살아도 수면 아래 백조의 발길질을 하고 있다.

어쩌면 평생을 쉼 없이 움직여야 하는 것은 아닐까? 나이는 숫자에 불과하다지만 기억력과 순발력은 SNS 시대에 따라가지 못하는 것이 있다. 세월 앞에서 무엇인지 알 수 없는 낮은 자존감에 마음이 움츠러들기도 한다.

하지만 나는 여전히 배움 앞에서 설렌다. 영원히 살 그것처럼 배우고 내일 죽을 것처럼 즐기고 싶다. 천재는 노력하는 사람을 이길 수 없고 노력하는 사람은 즐기는 사람을 이길 수 없다.

2.

털끝만큼의 의지

　W 선배의 추천으로 새벽 시간을 습관으로 자리 잡게 하는 새벽 기상 줌 모임 438에 가입했다. 싸늘한 아침 공기는 나를 이불속으로 떠밀었다.

　며칠 전 강의에서 "털끝만큼이라도 할 수 있다면 한다."라는 L 작가의 의지에 감탄하지 않았던가! 불과 몇 시간 지났다고 약해지는가? 하품이 나오고 마음은 잠을 부른다.

　삶이란 창조하는 과정이라 했다. 남들이 하지 않는 일, 하기 싫은 일을 꾸준하게 하는 것이다. 내 삶에 당당해지려면 좀 다르게 살아가야 한다. 스스로 견뎌낼 능력을 키워야 했다.

　'나만의 새벽을 깨워라!' 하지만 4시 38분 기상은 자신 없었다. 먼저 5시 30분부터 시작했다. 모두 줌 화면을 켜놓고 각자 할 일을 하였다. 줌으로 만나는 438 선배들은 몰입의 대가였다.

　나이와 직업, 사는 곳, 성별, 하는 일까지 다양한 사람들의 공간이다. 호

칭은 서로 선배로 불렀다. 선배? 궁금해서 검색해 보았다. 지위, 나이, 덕행, 경험 등이 자기보다 앞서거나 높은 사람을 뜻했다. 학교 선배만을 지칭하는 건 아니었다는 걸 깨달았다.

7시 새벽 기상 종례 시간까지 1시간 30분. 오롯이 나를 위한 시간이었다. 처음에는 오늘 할 일과 일정 관리를 메모하였다. 핸드폰 뉴스 살피기, 카톡 확인하기로 시간이 그냥 지나갔다. 달콤한 잠을 반납한 시간에 하는 일치곤 무의미한 일이었다. 이건 아닌데…. 우왕좌왕하는 아까운 시간을 보냈다.

B 코치의 신입 오리엔테이션은 438의 취지와 새벽 기상 환경 세팅에 도움이 되었다.

몰입하는 일을 찾기로 했다. 블로그 글쓰기였다. 글을 쓰다 보니 시간이 부족하였다. 5시 기상을 했다. 2시간 확보는 황금 시간이었다. 마음 같아서는 4시 38분 기상을 하고 싶었다. 그러나 일과 병행하다 보니 감당할 만큼의 시간 확보가 중요했다. 나에게 집중할 수 있는 2시간이다. 내 마음도 살펴볼 수 있는 시간이기도 했다.

주말에는 바인더로 업무와 주간 계획을 미리 기록하였다. 내 안의 긍정적인 감정들을 회복하는 438 새벽 기상은 회복 에너지의 충전소였다.

새벽 기상 100일을 넘겼으니 곰이 웅녀가 된 기분이었다. 100일의 환대를 잊지 못한다. 438 선배들의 격려가 쏟아졌다. 그 기운으로 새로운 100

일을 또 열어 갔다. 단톡방에서 기념상장을 만들어 주었다.

W 선배는 기념상장을 상패로 만들어 보내 주었다. 줌에서 만난 인연까지 소중하게 챙겨주는 마음이 감동이었다. '아무나 그리 못한다'하며 나처럼 나이 들어가고 싶다는 말도 전했다. 오히려 꾸준하게 실천하는 그 선배의 삶을 따라가고 싶었다. 그녀는 작가로 책까지 출간하였다. 책 속에는 평범에서 비범으로까지 이어진 생활이 경이롭기까지 했다. 상대의 마음을 움직일 수 있는 정성스러움이 책 내용 곳곳에서 읽혔다.

또한 멋지고 예쁘게 상장을 캔바로 디자인해 주는 K 선배도 있었다. 매일 한 장의 안내서로 코치가 전하는 말과 코어 워드를 요약하여 공유한다. 감히 따라갈 수 없는 실력파다. 새벽 기상 B 코치의 메시지도 내공이 묻어나는 귀한 말이다. 어느 날은 마음을 움직이게 하고 어떤 날은 반성하게 하고 다른 날은 유머를 전한다. 참 고마운 일이다. 대가 없이 선한 영향력을 실천하고 있다. B 코치의 새벽 종례 시간에 하는 말을 기록하여 단톡과 블로그에 올리는 K 선배 덕분에 놓친 말까지 다시 읽어 볼 수 있다. 누군가를 섬기는 리더십이 감사한 '438 새벽 기상'이다.

'관심 있는 분은 참가해 보시죠?'라며 마감 이틀 전, 새벽 기상 438 K 선배가 단톡에 공지글을 올려주었다. '우리 유치원을 자랑해요' UCC 공모전이었다. 위키 포키라는 회사와 한국 유치원 총연합회, 에듀케어에서 공동 개최하는 제1회 UCC 대회가 있다는 것을 K 선배 덕분에 알았다. 기간이

　　　　　　　　내 마음을 만나는 시간

촉박했다. 그때 머리를 번쩍 스치고 가는 일이 기억났다.

암울했던 코로나 때였다. 아이들의 유치원 생활을 영상으로 만들었다. 교사들은 오랜만에 활기를 띠며 아이들의 일과를 제작하였다. 코로나 시기에도 아이들의 교육활동을 준비하는 선생님의 노고와 그 속에서 즐겁게 활동하는 아이들의 모습을 담았다. 반마다 제작한 'COVID-19 극복을 위한 우리들의 하루' 15분짜리 동영상이었다. 유치원에서 코로나 시기에 어떻게 지내는지 궁금해하던 학부모의 반응은 기대 이상이었다. 감사 인사를 들었다. 어려운 시기 교사들의 마음과 학부모의 마음이 동영상으로 소통되었다.

'COVID-19 극복을 위한 우리들의 하루' 영상을 3분짜리로 편집했다. 연구부장이 주말을 반납하고 영상 편집을 하였다. 공모전 시상 심사 기준은 온라인투표 50%와 전문가 심사 50%로 한 분, 한 분의 표가 소중하였다. 1인 1일 1회 투표했다.

'해 보자 후회 없이'라는 구호로 지인들과 학부모의 힘을 모았다. 조회수가 올라갈 때마다 가슴 졸이며 미안함과 감사함이 교차했다. 앱을 깔아야 하고 회원 가입을 해야 하는 번거로움이 있다. 마지막 날 2,900여 번의 조회수를 달성하였다. UCC 공모전 최종수상작 발표에서 최우수상을 받았다.

코로나의 두려움을 이겨 내는 아이들의 영상이 있었기에 가능한 일이었다. 준비된 자가 승리한다.

이런 공모가 있을 줄 몰랐다. 모두 한 마음으로 참여한 덕분이기도 하다.

하루하루를 잘 살아 내는 힘, 그 하루에는 무한 가능성을 펼칠 수 있는 아이들을 향한 사랑이 있다.

438 새벽 기상 1,000일이 훌쩍 지났다. 올빼미형 인간이 새벽 기상을 만나지 못했다면 이룰 수 없었던 성과였다. 내가 매일 하는 나만의 행동, 새벽 기상은 의지다. 글을 쓰며 인생의 본질을 알아가고 긍정의 기운을 나누어 주는 인생이 되었으면 좋겠다.

3.

마음을 나누는 원장

2006년 "원장님 대학원에 가서 공부를 더 하고 싶습니다." 교사 두 명이 야간대학원 석사과정에 입학하였다. 나도 어렵게 공부를 시작한 만큼 도와주고 싶었다. 공부하려는 의지만 있다면 시간을 허락했다. 일주일 두 번 5시에 퇴근할 수 있도록 도와주었다. 학사일정을 공유하여 유치원 행사와 겹치지 않도록 계획했다. 1가지 조건은 학생과 교사로서 맡은 역할을 책임감 있게 완수하는 것이었다.

물론 동료 교사들의 응원과 배려가 필요한 일이었다. 다음 해 그 뒤를 이어 동료 교사가 계명대학교 평생교육원 학점은행제 학위과정에 지원했다. 그 후 한국방송통신대학 편입도 몇 명의 교사가 등록했다. 일하는 삶 속에서 얻는 배움은 값진 깨달음을 준다.

2003년 유치원을 개원하였을 때 한 반은 어린이집으로 인가를 따로 받았다. 어린이집 시설장으로 근무하던 교사는 교육대학원에 입학하여 유치원 교사 2급 자격과 석사 학위를 함께 취득하였다.

어린이집 교사는 보육교사 자격을 가지고 있었다. 유아교육과 야간에 편입하여 유치원 2급 자격증을 받았다. 학사과정은 스스로 선택하여 공부하고 있다. 여건만 된다면 대학원에 도전해 보고 싶다고 하였다. 길을 열어 주니 또 다른 길을 선택한다.

어느 해에는 원감 역할을 하는 교사가 특수교육에 관심 있어 하였다. 특수교육과 석사과정에 입학한 교사는 퇴직 후 대학에 시간 강의를 하며 박사과정을 수료했다. 논문 준비 중에 있다는 소식을 들었다. 성장해 가는 그들의 여정에 박수를 보낸다.

자신의 성장을 만들어 갈 수 있는 지점에서 서로의 마음이 함께 모이면 아는 만큼 보이고 방향성을 찾게 되는 것이다. 다른 사람과 경쟁할 때는 아무도 도와주려고 하지 않는다. 하지만 자기 자신과 경쟁할 때는 모든 사람이 도와주고 싶어 한다. 자기 자신과 경쟁을 하는 교사는 밝은 미래를 만들어 갈 수 있다.

교사들에게 자동차 운전 면허증을 취득하도록 권유했다. 차는 미래에 결혼해서도 아이를 데리고 병원, 학원, 학교 가는 일, 시장에서 물건 실어 나르는 일(지금은 클릭만으로도 문 앞 배달이지만), 여행 떠나기, 연수 다니기, 여자에게 운전이 더 필요하다. 유치원에 근무하면서 한두 명의 교사를 제외하고 모두 운전 면허증을 소지하게 되었다. 퇴근 무렵 자동차 운전

학원 차가 대기하고 있다가 교사들을 학원으로 태워 갔다. 함께 배우니 합격하는 것에 차이가 있었다. 불합격한 교사는 속상해했다.

나도 운전면허 자격시험을 쳤을 때 코스마다 떨어졌다. 필기에서 한번, 코스에서 한 번, 주행에서 한 번.

포기하지 않고 계속 시험을 볼 수 있었던 이유는, 한 번씩 시험을 볼 때마다 조금씩 더 나아졌다는 걸 알아차렸기 때문이다. 여러 번 떨어져서 기죽은 교사에게 말했다. 불합격은 운전 연습의 기회가 더 주어지는 것이라고.

무엇이든 배우고 공부를 해야 하는 진짜 이유는 좀 더 넓은 세상을 경험할 수 있게 해 주며 생각지도 못한 기회를 만날 수 있게 해 주기 때문이다. 다른 사람들로부터의 칭찬이, 나이가 들면 내적인 보상으로 바뀌게 된다. 남들로부터 칭찬을 받기 위해 무언가를 하는 게 아니라 스스로 만족하고 좋아하는 일이기 때문에 배우는 것이다.

'눈에 보이는 것이 다가 아니다'라 하기도 하고 '보이게 일하라'라고 하기도 한다. 분명한 것은 간절하게 바라는 만큼 해내는 것이다. 결핍을 느낄 때 더 갈망한다. 하루하루를 의미 있게 살다 보면 의욕이 생기고 목표를 이루어 내겠다는 다짐도 하게 된다.

유아 교사들에게 중요한 것은 유아를 존중하며 열정을 갖는 것이다. 열정이 있어야 아이들을 사랑하고, 자신을 위해 끊임없이 연구하고 노력할 수 있다. 교사의 열정은 교실과 수업 분위기를 활기차게 만들고 아이들의 배움에 관해 관심과 흥미를 느낄 수 있다. 교사로서 전문성을 기르는 것과 유능한 교사가 될 수 있는 노력이 필요하다. 하루하루를 의미 있게 살다 보면 의욕이 생기고 목표를 이루어 내겠다는 다짐도 하게 된다.

원훈을 '큰 꿈을 가지자'라고 했다. 꿈에 의해서 목표가 생겨나고 한 걸음 한 걸음 앞으로 나아가게 된다. 어떤 꿈을 꾸게 하느냐가 유아 교육자로서 미래의 아이들에게 주는 큰 선물이라고 생각했다. 작은 동기부여 씨앗이 잘 자라나길 거름 주고 텃밭을 가꾸듯 한 알의 밀알이 되어 소명감을 가진 유아 교육자가 되리라는 첫 마음을 기억하고 있다.

열심히 일하고 읽고 쓰고 있다. '더' 가 필요한가? 그렇다. 나는 어디쯤일까? 늘 생각하며 자주 돌아본다.

퇴직을 앞두고 상담을 받았다. "어떤 1인 기업을 시작하겠습니까?" 교수의 질문에 명확한 답은 이미 나에게 있었다. 작가로서의 프리랜서(freelance)였다. 프리랜서는 특정 기업, 단체, 조직 등에 전담하지 않고 자기 기술이나 경력, 능력에 있어 전문성을 인정받는 사람이다. 고정적인 소속을 갖지 않고 일하는 경우를 말한다. 일정한 소속 없이 자유 계약으로 일하는 사람. 자기의 판단에 따라 독자적으로 일하는 사람을 가리키는 말로 쓰인다. 그런 사람이 되고 싶었다.

인생 3막을 1인 기업가로 독서와 글쓰기를 통해 성장하고 싶었다. 내가 쓰는 글이 다른 사람에게 선한 영향력으로 도움을 주면 좋겠다고 생각했다.

아이들의 마음을 살찌우는 일. 책을 읽고 글을 쓰면서 키우고 있다. 공부하는 원장 할머니다.

4.

각자의 자리에서 빛나는 법

출근하는 길에 조리사의 교통사고 소식을 들었다. 신호 대기 중, 뒤에서 자가용이 추돌하여 핸들에 가슴을 부딪쳐 통증이 있다고 했다. 차의 뒷부분이 모두 부서졌단다. 그 와중에도 아이들 점심 걱정을 하였다. 유치원 걱정은 하지 말고 치료에 신경 쓰라며 안심시켰다.

유치원에 도착하니 주방에는 영양사와 연구 선생님이 분주하게 움직이고 있었다. 연구 교사는 자칭 주방장이라며 남자임에도 불구하고 요리가 취미라 하였다. 급박한 상황에 두 팔 걷어붙이고 앞장서는 마음이 고마웠다.

조리사는 갈비뼈에 금이 갔고 무릎 타박상으로 붕대 감은 사진을 카톡에 올려주었다. 걱정이다. 교통사고는 후유증이 오래갈 수도 있다던데. 영양사에게 일주일 동안 파견할 수 있는 조리사를 용역 회사에 알아보라 하였다. 앞치마를 하고 주방으로 향했다. 오늘 메뉴는 두부조림과 미역국, 갈비 산적, 김치였다.

몇 년 만에 조리한다. 개원 초기, 교사 세 명과 우리 부부는 유치원 3층에서 각각 생활했다. 아침을 준비해서 교사들과 함께 먹었던 기억이 떠올랐다. 지금은 교실이 되었지만, 그 당시에는 식당이 주방 옆이었다. 딸보다 어린 교사들에게 엄마 마음으로 밥상을 차렸다. 아침으로 차려진 식탁 앞에서 반찬 투정하는 소리를 들었다. 섭섭했다. '돌도 씹어 먹을 나이'라며 반찬 투정하는 남편에게 잔소리하던 시어머니 생각이 났다.

오후에는 주방에서 교사들 간식도 직접 만들어 주었다. 짜파게티에 다양한 해물과 햄, 채소를 넣은 쟁반짜장이 제일 인기 있었다.

코스트코에서 매주마다 장을 보았다. 특히, 쌀은 품질 좋고 가격도 저렴하였다. 20kg의 쌀 5포를 카트에 싣고 계산대에 올리고 다시 카트에 실어 주차장으로 향했다. 카트에서 자가용 트렁크로 쌀을 옮겼다. 유치원에 도착하면 주방까지 또 옮겨야 했다. 옮겨 다니는 쌀의 무게만큼 살아 내기 힘든 유치원 운영이었다. 40대 중반, 세상 무서운 것 없던 아줌마 정신으로 살았다.

조리사는 10년 근무를 코앞에 둔 오랜 지기다. 유치원의 먹거리를 사명감으로 준비한다. 참 고맙다. 급식재료 준비까지 원장이 할 일을 도와준다. 장을 직접 보고 간식도 조리식으로 했다. 점심 식사 외에 아이들 특별 요리 활동도 기꺼이 준비해 주었다. 아침밥 거르면 안 된다고 교사들 아침도 챙겨주었다. 예전 조리사들은 점심 이외의 주방일은 대놓고 싫어했다.

귀찮아하며 얼굴을 붉혔다.

B 조리사는 힘들어도 내색하지 않았다. 아이들을 예뻐하고 먹거리에 관한 직업정신이 투철하였다.

몇몇 어머니는 아이들이 유치원 반찬이 맛있다 한다며 조리법을 달라고도 했다.

음식 만든 사람은 잘 먹는 모습만 보아도 기분 좋아진다고 한다. 조리사도 그런 것 같다. 추가로 반찬이나 국을 더 달라고 하면 얼굴에 웃음꽃이 피었다. 1가지 걱정이라면 정리 정돈이 부족했지만, 그 정도는 영양사와 원장이 도와줄 수 있다. 장점이 훨씬 많다. 완벽한 사람은 없기에 보완하며 지냈다. 중요한 것은 자신이 그 부분에 취약함을 알고 노력하고 있다는 것이다.

벌써 조리사가 그립다. 열린 주방 문으로 지나가던 아이들이 "와! 원장님이 앞치마 입었다." 한다.

왠지 '오늘 점심은 맛나야 할 텐데….' 걱정이 앞섰다. 아이들이 잔반을 많이 남기면 맛이 없다는 증거다. 영양사와 연구부장에게 파이팅을 외쳤다.

"냠냠 선생님 어디 갔어요?" 아이들은 맛난 음식 해 준다고 조리사를 냠냠 선생님이라 불렀다. 예사로 보지 않는 우리 아이들이다. 작은 것도 허투루 할 수 없는 이유다.

교실 배식 준비를 마치고 얼른 점심을 먹었다. 주방에 다음 할 일이 있

　　　　　　　　　　　　　내 마음을 만나는 시간

기 때문이다. 초음파 세척기가 있지만 160여 개의 식판을 씻고 나니 손가락과 손목이 아팠다. 각자의 자리에서 힘든 일을 잘하고 있음에 미안하고 감사했다. 마침 자격증을 소지한 파견 조리사가 내일부터 출근할 수 있다고 한다. 그래도 낯선 환경이니 당분간은 주방에서 지낼 시간이 많을 것 같다.

그동안 조리사는 두세 번 그만두겠다고 했다. 그때마다 붙잡았다. 2020년 12월 위드 코로나(With Corona) 때였다. 유치원에서 발병한 코로나 확산으로 큰 위기를 겪었다. 내 편은 아무도 없는 것 같았던 암울한 시기였다.

남편 사업을 도와야 한다고 2월에 꼭 퇴직하겠노라 미리 귀띔한 B 조리사는 말했다.

"원장님! 힘내세요. 유치원이 이리 어려운데 내가 어떻게 그만두겠습니까. 제가 힘닿는 데까지 도와드릴게요." 유치원에 도움이 된다면 1년만 더 있겠노라고 힘을 실어 주었다. 고맙다는 표현으로는 부족한 마음이었다. 의리 있고 소명감도 갖춘 조리사다. 맡은 일에 최선을 다한 교직원 덕분에 위기 때마다 잘 헤쳐나왔다.

지금은 남편과 함께 타지에서 한식뷔페 식당을 하고 있다. 점심 때만 운영하고 하루 150명 먹을 재료를 준비한다고 했다. 재료를 소진하면 당일 영업은 종료한다. 진작에 사표를 수리했더라면 경제적으로 훨씬 윤택해졌을 법도 하다. 미안한 마음 가득하다.

충북 괴산에 있는 그림 책방으로 연수 가는 길에 방문하였다. 식당은 정갈하였고 무엇보다 음식이 맛났다. 점심시간 전인데도 손님들이 줄을 지어 들어왔다. 바쁘게 움직이는 모습이 다행스럽기도 하고 아프기라도 하면 어쩌나 걱정되었다. 무리하지 말고 건강 잘 챙길 것을 당부하고 왔다. B 조리사는 사십 대에 만나 이제 오십 대가 되었다. 사람은 자기가 잘할 수 있는 일을 할 때 즐겁다. 유치원 주방에서도 열심이었던 얼굴이 사장이 된 식당에서도 빛났다. 더 밝고 즐겁게 승승장구하길 바란다.

음식에는 일하는 사람의 정성과 기분이 스며든다. 정성으로 교육하는 것도 아이들의 마음에 자리 잡을 것이다. 각자의 자리에서 무슨 일이든 정성을 다한다는 것은 사랑이고 마음을 얻는 일이다.

5.

아름다운 동행

중학교 2학년 때였다. 서무실로 불려 갔다. 일주일 내 등록금 납부를 하지 않으면 학교에 다니지 못할 수도 있다는 통보를 받았다. 극빈자 신청서를 내면 등록금 납부를 하지 않아도 된다고 중학교 서무 담당자가 말했다.

무작정 읍사무소를 찾아갔다. "저를 극빈자로 빨리 처리해 주세요." 울면서 읍사무소 직원에게 떼를 썼다. 부끄러운 생각도 없었다. 어머니의 시름을 덜어 드리고 공부도 하고 싶었다.

고등학교 졸업까지 돈 걱정하며 다녔다. 대학교에 합격하고도 입학하지 못했다. 1년 동안 직물회사 경리로 입사하여 대학 등록금을 모았다. 다음 해 다시 예비고사(수능시험)를 치르고 대학교에 입학했다. 졸업 때까지 한국장학재단 장학금을 받으며 공부했다.

힘들게 공부한 경험이 있어 장학금으로 누군가를 돕는 일에 마음이 갔다. '세상은 당신이 무엇을 알고 있는지 관심 없다. 오로지 당신이 아는 것으로 무엇을 할 수 있는지가 중요하다.'라는 말이 있다. 유치원을 운영하면서 2007년부터 장학금 명목으로 작정하고 적금을 부었다. 졸업생에게 필요한 교육지원을 해 주고 싶었다. 시작은 미약할지 모르지만 함께 멀리 갈수 있는 일이라 생각했다. 명칭을 '꿈빛 장학회'라 정하였다.

'꿈빛'은 '꿈'과 '빛'이 어우러진 말로, 아이들의 꿈을 환하게 비추는 희망의 등불을 의미한다. 마치 어둠 속에서도 방향을 잃지 않도록 길을 밝혀주는 작은 등불처럼, 아이들의 가능성과 미래를 비추는 마음을 담고 있다.

졸업생을 대상으로 현장 연수와 줌 특강을 기획했다. 제1회 꿈빛 장학생은 초등학교 4학년 이상부터 중학교 3학년까지 아홉 명이 신청하였다. 자기 계발하면서 배운, 미래에 살아갈 시간 관리하는 방법을 알려 주고 싶었다.

대구 '생각 꽃 지구 놀이 연구소' K 대표께 강의를 의뢰했다. 3P 보물찾기 바인더로 시간, 목표, 독서, 학업, 건강, 지식관리 등 바인더 사용 방법을 알려 주었다. 3P 바인더를 사용하고 자기 경영을 스스로 할 수 있는 아날로그식 기법을 2시간 동안 놀이로 풀어 나갔다.

오후에는 마인드맵 씽크와이즈 강의로 어머니와 함께 참여 하였다. 서울에서 3P 마스터 과정을 함께 배운 G 선배가 진행했다.

씽크와이즈를 사용하면 자연스럽게 생각하는 훈련, 전체를 보는 훈련, 생각을 구조화하는 훈련이 되어 종합적인 사고력이 향상된다. 이렇게 사고력을 높여주는 씽크와이즈는 글쓰기, 일기 쓰기, 수행평가, 자기소개서 작성 등 다양한 학습활동에 활용할 수 있다.

스스로 공부하고, 재미있게 자기주도 학습으로 효과를 높일 수 있다. 씽크와이즈로 고기 잡는 법만 알려 주면 아이들은 그 도구로 생각이라는 고기를 낚는 법을 익혀 나갈 수 있으리라 기대되었다. G 선배는 다양한 앱의 기능과 방법을 알려 주었다. 아는 것과 모르는 것의 차이는 크다. 경험만으로도 아이들의 생각이 경이롭게 눈뜨기를 기대했다. 관심과 관찰로 시작점을 키울지 혹시 아는가? 그 역할이 나의 사명감이라고 생각했다.

다음 해 제2회 무지개 꿈빛 장학회를 앞두고 1회 때 참여했던 어머니들과 사전 통화를 하였다. 아이들은 마인드맵을 더 선호한다고 했다. 확실히 디지털 세대다. 두 번째 지원 사업은 씽크와이즈로만 실시하였다. G 선배는 1회 대면 강의와 3회 줌으로 강의하자고 했다.

1년 만에 다시 만나는 꿈빛 장학생들과 신규로 지원한 초등 2학년까지 일곱 명의 졸업생과 다섯 명의 어머니가 참석하였다. 집에서 가져온 노트북은 아이들이, 어머니들은 경상북도 교육청에서 교사들에게 지원한 노트북을 활용하였다. 이번 씽크와이즈 특강은 단순히 디지털 마인드맵 프로그램을 배우는 것만을 의미하는 것은 아니었다. 부모와 자녀가 서로를 이해할 수 있는 관계 강화의 기회도 되었다.

작년에 참석하여 경험한 아이는 주제만 주어도 마인드맵을 잘 구성하였다. 처음 경험하는 아이들은 익숙하지 않았지만, 시간이 흐를수록 부담 없이 받아들였다. 4시간 강의를 듣고 실습을 하였다.

대면 활동 후 매주 네이버 카페에 과제 한 것을 올리고 피드백 받았다. 다른 아이들의 마인드맵도 공유할 수 있었다. 과제를 잘하면 거기에 따른 보상이 있다는 강사의 말 때문인지 모두 열심히 과제를 올렸다. 줌으로 발표하는 목소리에 힘이 있고 강사의 질문에 대답을 잘하였다. 자식의 책 읽는 소리를 들으면 부모에게 있어 가장 큰 기쁨이라는 말이 있다. 졸업생들이 열심히 참여할 때마다 기쁨과 긍지로 다가왔다. 마지막 줌 강의 때는 강사와 원장이 준비한 '문화 상품권'을 모두에게 카톡으로 주었다. 책을 구매하라는 당부를 전하며 훌쩍 자란 아이들이 건강하고 지혜롭게 자랐으면 좋겠다.

제3차 꿈빛 장학회는 '초등 셀프 리더십'으로 졸업생을 초대했다. 꿈을 찾아 행복한 배움을 스스로 익히고 친구와 우정을 만들며 함께 성장하는 프로그램이었다. 서울 3P 자기 경영연구소 본사에 강의를 의뢰했다. 강사는 3P 초등 셀프 리더십 보물찾기 코치 W 선배였다. 열 명이 어머니와 함께 신청했다. 아이들과 어머니의 소감문을 읽으며 부모와 자녀의 소통이 이루어진 시간이었음을 실감하였다.

4시간이 어떻게 지나간 지도 모르겠습니다.

강사님 강의에 쏙 빠져서 너무 즐거운 시간이었어요.

216

"시간은 금이다."라는 말은 알면서도 시간의 소중함을 잊은 채 지내왔는데, 오늘 다시 한번 소중함을 느꼈습니다.

우리 아이에게 지혜롭게 시간 관리하는 방법을 알려 주셔서 감사합니다.

엄마와 함께 배운 내용을 복습하여 같이 적용하여 기록해 보고 싶어요.

마지막 시간은 너무 감동적이었어요!

딸과 눈 마주침 할 수 있는 시간도 마음이 뭉클했어요.

– 김정은 엄마 이하은

2023년과 2024년에는 참석 대상을 초등 1학년으로 했다. 꿈빛 장학회에 아이들의 참가가 많기를 바라며, 졸업생 초대의 날과 병행하였다. 스물네 명과 서른 명이 참석했다. 반가운 마음으로 유치원에 들어서는 졸업생들을 맞이했다. 오랜만에 선생님과 친구들을 만나니 활기찼다. 유치원과 교실을 둘러보며 "여기가 달라졌네요", "우리 때 없었던 교구도 있어요", "이 장난감 재미있었는데."라며 기억을 더듬었다.

3층 강당에 모두 모였다. '이야기를 만들고 소통하며 즐기는 스토리텔링 놀이'라는 주제로 모둠활동을 했다. 원감이 강사로 아이들과 소통하였다. 아이들은 발표를 잘했다. 자신만의 생각을 당당하게 표현하였다. 지난해 배웠던 드럼을 연주하고 코딩으로 놀이하는 시간이 제일 인기 있었다.

간식을 나누고 귀가할 때 상품권으로 마음을 전했다. 반가움과 아쉬움이 교차하는, 짧지만 마음이 머무는 시간을 함께 보냈다. 살아가는 동안 누구나 저마다의 발자국을 남긴다. 그 발자국은 누군가의 기억 속에 고스란히 남아, 오랫동안 서로를 감싸는 흔적이 된다. 이제 막 걸음마를 뗀 단계지만, '꿈빛 장학회'라는 이름으로 서로의 빛이 되어 주는 아름다운 동행을 이어가고 싶다.

6.

나답게, 가장 나답게!

8월 말이었다. K 업체 구미지사 대표가 원장 연수 안내장을 들고 왔다. '나는 나답게 원을 운영하기로 했다'라는 주제였다. 안내장을 손에 쥐고 한참을 멍하니 서 있었다. 그 작은 A4용지 한쪽에 내 사십 년 교육 인생이 필름처럼 지나는 듯했다. 한 손으로 안경을 벗고 눈가를 닦았다. 다시 안경을 쓰고 안내장을 자세히 읽어 보았다. 주제만 봐도 무슨 뜻인지 훤히 알 수 있었지만, 나는 그 안내장에서 내가 과연 떳떳할 수 있는가를 찾고자 했던 모양이다. 나는 나답게 유치원을 운영하고 있었나? 나답게 운영한다는 건 무엇인가? 나답게는 어떤 것인가? 내가 있기는 한 것이었나? 많은 생각이 스쳤다.

오롯이 아이들만 바라보고 달려온 세월이었다. 아이들의 얼굴에 웃음꽃이 활짝 피어나게 해 주고 싶었다. 교사들이 가르치는 일에 보람을 가지길 바랐다. 학부모에게 신뢰받는 유치원이 되도록 노력했다. '나답게'라는 의미에 용기가 필요했다. 호기심과 이끌림으로 연수를 신청했다. 쫓기듯 살아온 세월 앞에 코로나의 공포가 완전하게 가시기 전이었다. 아이들과 교사와 학부모의 지지와 사랑 속에 긴 시간을 잘 버텼다. 원아 수 감소와 유아교육 기관을 둘러싼 주변 환경의 변화로 모든 것이 어려운 시기다. 코로나 이후 4년 만에 진행된 대면 연수였다.

K 업체 유아 교육기관 CEO 리더십 연수는 전국 어린이집과 유치원 원장을 대상으로 하는 행사였다. 충북 제천 포레스트 리솜에서 1박 2일로 진행되었다. 원장들이 '나는 나답게' 원을 운영할 수 있도록 지지하고 격려하는 자리였다. 마술사의 공연으로 시작하였다. 우리 삶에 마법이 일어나는 1박 2일이 되길 원했다.

장동선 박사는 특별 강연으로 미래에 대한 불안함, 변화하는 교육 정책에 따른 혼란스러움과 고민을 나누었다. 원장들의 현재 모습을 마주하고 따스한 위로와 긍정의 에너지를 전달했다. 뇌과학을 기반으로 한 행복한 삶에 대한 통찰도 이야기했다. 원 경영자로서 내적 동기를 회복할 수 있는 강의였다.

폴 앤 마크 최재웅 대표는 '나는 어떤 사람인가?' '다른 사람과 어떻게 소통하고 문제를 해결하는가?' 세계적인 교육학자인 버니스 맥카시(Bernice McCarthy)의 '4MAT'와 게리 채프먼(Gary Chapman)의 '5가지 사랑의 언어'를 열강했다. 원장의 고유함을 진단하고 참된 자신을 발견하는 시간이었다. 나답게 살아가고 경영하는 좋은 리더의 길을 알려 주었다.

뮤지컬 갈라 팀 '릴리즈 보이스'의 힐링 뮤직 콘서트는 즐거운 시간이었다.

객실에는 음료와 다양한 종류의 간식까지 준비해 두었다. 고급스럽고 정성이 느껴졌다.

K 업체 프로그램 전시장에서는 기존 프로그램과 내년 신규 프로그램이 깔끔하게 전시되어 있었다. 연수에 참석한 원장을 위해 그림책 세트를 구매할 수 있는 이벤트도 준비되었다. K 업체 스텝과 전국의 지사장, 연구원들의 친절한 안내까지 섬기는 마음이 느껴졌다. 진심을 담아 원장들을 응원해 주었다. 힘들고 지친 원장들에게 용기를 주며 잘하고 있고 잘될 거라 격려해 주니 힘이 났다. 유아교육 전문가로 거듭나기 위해 더욱 노력해야겠다는 생각이 들었다.

박형만 대표는 "무엇이든 나답게 운영하려면 원장이 여유가 있어야 하고 지지받으며 사랑받아야 한다."라고 했다. 그렇다. 여유를 가지는 일은 원장의 중요한 역할이다. 아이들의 몸짓 하나, 툭 던지는 단어 하나에도 멈추어 들을 수 있는 여유가 있어야 했다. 좋은 원장이 되기 위해 나를 제대로 아는 것도 필요하다. 나를 아는 것은 지속적인 배움과 실천의 과정을 통해 가능하다. 나답게 살아가고, 나답게 경영하기 위한 본연의 모습은 나를 아는 것부터 시작이었다. 자신에 대해 더 깊이 생각하며 내 마음을 알아가고 싶었다.

새벽 기상 300일 기념 포스터에 들어갈 '가장 나다운 사진' 한 장을 보내

달라고 했다. 토요 독서 모임 회장의 카톡이다. 요즘 유난히 '나답게'라는 말을 많이 듣는다. '아름답다'에서 아름은 '나'를 뜻하는 말이라 한다. 그래서 아름답다는 '나답다'라는 뜻이다. 내가 나다울 때 가장 아름답다는 표현을 쓴다고 한다. 가장 나다운 인물사진을 휴대전화기 앨범에서 찾아본다. 몇 장 없다. 아이들과 활동하거나 견학 간 사진뿐이다. '그래, 나는 아이들과 함께 할 때 빛난다.'라고 생각했다. 아이들이 즐거워할 때 그 웃음소리에 행복했다.

2022년 어린이날 코스튬 플레이(Costume Play)했던 사진이 가장 나다웠다. 머리에 알록달록 가발을 쓰고 호기심 가득한 아이들에게 둘러싸여 있는 사진. 아이들을 위해서라면 얼마든지 변신할 수 있는 마음. 그것으로 기뻐하는 아이들의 웃음. 아이들과 좀 더 가까워지고 함께하는 시간. 참 행복한 일을 하고 있다. 어디 가서 이렇게 환대를 받고 꾸며볼 수 있겠는가? 아이들 앞이니까 함께 어우러진다.

내 마음속 뿌듯한 느낌, 아이들과 함께 자라고 컸다. 아이들 눈 속에 담겨 있는 나를 발견할 때 가장 감사한 순간이다. 아이들과 함께 채우고 빛을 내며 세월이 흘렀다. 연수에 참여한 오늘의 여유가 행복했다. 이 행복감을 교사도 누릴 수 있는 시간을 만들어야겠다. 교사가 행복해야 아이들이 행복하다. 아이들을 사랑하고 존중하는 교사의 마음을 더욱 빛나게 해 주는 일, 주변의 사소한 것부터 챙기는 일, 나다운 일이었다. 아이들과 교사들의 몸과 마음이 건강하게 성장할 수 있도록 도와주는 것이다. 중심을 잡아 주는 일. 원장의 할 일이다.

　무엇이든 귀담아 관심 있게 듣고 관점을 가지고 말하면 관계 형성의 연결 고리가 된다. 가르치며 배운다. 주변의 사소한 것이 더 중요함을 깨닫는다. 그동안 내가 던진 가시에 찔린 마음을 보듬어 주고 싶다. 이제 남은 그루터기 같은 원장의 자리에 누구라도 평안하게 쉬어갈 수 있는 공간으로 채우고 싶다. 별처럼 빛나는 아이들, 학부모, 유아 교사로 우리는 만났다. 나다운 그루터기에서 함께 빛나고 싶다. 각자의 빛으로 나답게!

7.

그림 한 점 속 이야기

교수님의 위암 수술 소식을 들었다. 후배의 연락을 받고 일이 손에 잡히지 않았다. 이십 대 대학 시절부터 사십여 년 인연의 끈은 이어지고 있다. 졸업하고 대학 부설 유치원 교사로 근무하며 L 교수님을 원장으로 다시 만났다.

결혼으로 퇴직 후 두 아이 엄마가 되었고 교육대학원석사 지도교수로 논문 지도를 해 주셨다. 일과 육아와 학업을 병행하며 논문의 가닥을 잡지 못하고 있을 때 "김 선생이니까 꼭 해낼 수 있다."라고 격려하였다. 그 믿음으로 밤잠도 제대로 못 자며, 석사과정을 마쳤다.

섭섭했던 기억도 있다. 교육청에서 '유치원 1급 정교사 자격 연수' 강의 의뢰가 왔을 때, 교수님께 도움을 청했다. 단숨에 거절하였다. 그 거절에서 홀로서기를 배웠다. 연수원 대강당에서 첫 강의를 해야 하니 마음이 들뜨고 두렵기도 했다. 나의 기질은 주변에서 도와달라 하면 망설임 없이 도와

주었다. 때론 힘에 벅찬 부탁을 도와주려고 쩔쩔매던 적도 있었다. 섣불리 남을 도와준다고 오지랖 떠는 것도 깊게 생각해 볼 일이라는 것을 깨달았다. 덕분에 누구의 도움도 아닌 오롯이 나만의 강의를 준비할 수 있었다.

유아교육과 교수로 임용되었을 때, 제일 먼저 교수님께 기쁜 소식을 알렸다.

"김 선생은 이제 알을 깨고 날아오른 새야."라며 마치 본인의 일처럼 기뻐해 주었다.

새가 알을 깨고 나왔다고 해서 당장 높이 날 수 있는 건 아니었다. 비상을 위해선 노력이 필요했다. 박사과정에 진학했다. 대학원 수업도 만만치 않았지만, 그보다 더 힘들었던 건 유아교육과 동료 교수와의 관계였다. 인간관계에서 오는 갈등은 날개를 펴기도 전에 지치게 했다.

결국 5년 6개월 만에 교수직을 내려놓았다. 안타까워하는 교수님의 마음을 가슴에 새겼다. 제자의 성장을 진심으로 바라셨던 교수님은 당신이 근무하는 유아교육과의 강의 시간을 기꺼이 내어 주었다. 그것은 단순한 강의가 아니라, 마음 깊은 곳에서 건네는 진심 어린 응원이자 격려였다.

"유치원을 지어 줄 테니 운영해 볼래요?"

건축을 전공하고 주공아파트 현장 소장을 지낸 남편의 제안이었다.

"아니요. 이제는 집에서 두 아이 보살피며 당신에게 맛난 된장국 끓여주고 싶어요."

"당신이 끓여준 된장국 맛없어 못 먹어요. 노후에도 의미 있는 교육사업이니 유치원 운영을 해 보는 게 좋겠어요." 남편의 말은 농담처럼 들렸지만, 진심이기도 했다. 받아들이기 어려웠다. 사립유치원 운영이 얼마나 어려운 일인지 잘 알고 있었기 때문이다.

교수님께 의논했다. "어떤 일을 하든 김 선생은 잘할 거야. 김 선생이 원장을 하면, 교사와 아이들도 최고의 교육을 받는 혜택을 누리는 거지." 그 한마디는 상처받아 주춤하던 내 마음에 다시 열정을 불어넣어 주었다. 유치원 원장으로 최고의 교육은 장담 못 하지만 최선의 교육을 위하여 노력해 왔다. 유아교육이라는 길 위에서 방향을 잃지 않았다. 그 중심에는 늘 교수님이 계셨고 존경하며 의지하는 길을 걸어왔다.

교수님은 퇴직 후, 같이 늙어 가는데 굳이 명절마다 안 찾아와도 된다며 손사래를 쳤다.

이제, 제자가 아니라 함께 늙어 가는 친구 같다고 하였다. 교수님을 만나면 대학생 시절로 돌아갔다가 다시 현재에서 미래로 시공간을 초월하는 시간을 갖는다.

깐깐하기도 하였고 남다른 열정으로 대학 시절 우리들의 존경과 두려움을 동시에 받는 교수님이었다. 일찍 남편과 사별하고 홀로 두 아들을 키우며 누구보다 강한 어머니 역할을 하였다. 제자들도 그 강인함으로 가르쳤다. 동기들은 교수님의 수업이 힘들었지만, 유치원 현장에서 유용하고 기억에 오래 남는다며 이야기한다.

교수님은 일흔을 훌쩍 넘긴 나이에도 그림 그리고 영어 공부를 꾸준하게 하고 있었다. 그 꾸준한 배움을 따라간다. 삶으로써 보여 주는 모습을 함께 하고 싶었다. 환갑이 넘은 나이에 찾아뵐 스승이 있다는 것은 큰 축복이다. 그 축복을 오래 누리고 싶었다. 살며 사랑하며 배워온 세월 속에 우리들의 이야기가 계속 이어졌으면 좋겠다. 이번에도 잘 이겨 내리라 믿었다. 교수님이니까 꼭 이겨낼 수 있다고 간절한 마음으로 기도했다.

찾아뵌 날이 얼마 전 일 같은데 췌장 쪽으로 암이 전이 되었다고 한다. 방사선 치료를 받고 요양 중이라 했다. 곧장 달려갔다.

"김 선생 주려고 예전부터 생각한 그림이야, 오늘 가지고 가." 직접 그린 작품 한 점을 선물했다. "곧 다시 찾아뵐게요. 그때 가져갈게요." 교수님의 흔적과 열정이 담긴 그림을 선뜻 받기엔 죄송스러웠다. "오늘 가져가. 지금 주고 싶어…." 마치 정리하듯 나에게 전하고 싶어 하셨다.

울음을 참아야 하는데 멈추질 않았다.

항암 치료도 거부하였다고 했다. 누구보다 당신의 신념대로 살아온 분이었다. 연중행사처럼 스승의 날과 추석, 설 명절에 찾아뵈었다. 마지막 말씀, "많이 외로웠다."라는 한마디가 가슴에 오래 남았다.

교수님 부고 소식을 듣고 조문을 위해 서울로 향했다. 가슴이 먹먹해졌다. 함께했던 시간이 떠올랐고, 생전에 가르침이 마음에 새겨졌다. 동창 모임에서는 조문 화환을 보내는 문제를 두고 의견이 엇갈렸다.

어떤 이는 반대했고, 어떤 이는 당연한 일이라고 여겼다. 의견이 다를 수 있다는 것은 이해했지만, 그 표현 방식이 날카로웠다. 후배의 말 한마디로 단톡방 분위기는 차가워졌다. 어떤 이는 원칙을 앞세우며 감정을 배제하려 했고, 또 누군가는 감정을 우선시하며 함께한 시간을 되새기려 했다.

사람은 누구나 저마다의 입장이 있다. 하지만 배려하지 않는 방식으로 전달될 때, 그것은 의견이 아니라 날 선 칼이 되어 버린다. 솔직함이 늘 정답은 아니다. 때로는 부드러움이 더 큰 울림을 준다. 말투와 표현과 어휘는 곧 그 사람의 인격이다. 솔직하되 공격적이지 않고, 단호하지만 상대를 존중하는 태도는 함께 살아가는 데 필요하다.

결국, 다수의 찬성에 따라 조화를 보내기로 했다. 배웠던 시간을 존중하고, 마지막 인사를 전하는 것은 우리가 할 수 있는 최소한의 도리라 생각했다. 교수님의 두 아들은 유치원 다닐 때부터 보아왔다. 의사가 된 큰아들이 우리를 기억했고 먼 길 와주어 고맙다며 인사했다. 교수님 마지막 가는 길이 외롭지 않게 진심 어린 배웅을 하였다.

교수님이 선물로 준, 그림 한 점이 원장실에 있다. 화사한 목련이 활짝 피었다. 사람은 떠났지만, 마음은 남아 있다. 살아가는 동안 우리는 많은 사람을 만나고, 관계를 맺는다. 그리고 언젠가는 이별의 순간을 맞이한다.

남겨진 것은, 그 사람이 베풀었던 마음과 관계의 흔적이다. 살아서든, 죽어서든 온기 있는 사람으로 기억되고 싶다.

8.

나를 이해하는 연습

처음 유치원을 운영할 때, 나는 아이들에게 마음으로 가르치는 교사의 모습을 꿈꾸었다. 시간이 흐를수록 그것이 결코 쉬운 일이 아님을 깨달았다. 아이들을 돌보는 만큼, 함께하는 교사들의 마음을 돌보는 일 또한 중요했다.

교사에게는 저마다의 달란트가 있다. 누군가는 아이들과 놀이하는 데 특별한 감각이 있고, 누군가는 학부모 상담에서 마음을 읽을 줄 알았다. 누군가는 조용하지만 깊은 신뢰를 주고, 또 누군가는 밝은 에너지로 모두를 감싸 안았다. 믿고 기다려 주면, 스스로 제 몫을 해낸다. 한 아이, 한 아이가 소중하듯이, 한 명의 교사도 소중하다. 하지만 나는 너무 앞만 보고 달리느라 그들의 마음을 충분히 보듬어 주지 못했다. 원장으로서 지금, 가장 크게 남는 감정은 '미안함'이다.

이유미 작가는 『편애하는 문장들』에서 일보다 사람을 먼저 보는 자세가 진짜 일을 잘하는 비결이라 말했다. 나는 일에 집중하느라 사람을 먼저 보지 못했던 것은 아닐까?

유치원을 운영하는 동안 여러 사람이 함께했다. 잦은 이직을 한 사람은 교사들이었다. 나의 기대치는 늘 높았고, 일의 완성도를 우선으로 여겼다. 아이들의 교육을 위해 교사들의 희생과 헌신을 당연시했던 시절도 있었다. 돌아보면, 권면과 깊은 위로에서 시작되어야 했던 것이었다. 교사들도 아이처럼 지지와 격려 속에서 자란다. 그들의 가능성을 믿고 기다려 주었을 때, 오히려 더 빛나는 모습을 보여 주었다. 이제야 나는 안다. 원장인 나의 역할보다, 교사들의 역할이 훨씬 더 크고 따뜻하다는 것을.

경영자는 사람을 키우는 일에 자신의 전부를 담아야 한다는 말이 있다. 이제야 그 말을 실감한다. 함께해 준 교사들, 묵묵히 자기 자리를 지켜 준 직원들에게 고맙고, 또 미안한 마음이다. 시간이 되돌아간다면, 그들의 노력과 정성을 더 높이 알아주고, 따뜻하게 안아 주고 싶다.

2016년 문학치료 상담심리사 2급 자격 취득 후 글쓰기를 제대로 배우고 싶었다. 책 쓰기 강좌를 들었다. 서울, 부산까지 오르내리며 책 쓰기 과정을 수료했다. 수강료도 꽤 비쌌다.

등잔 밑이 어둡다고 내가 사는 대구에 책 쓰기의 메카 '자이언트'가 있었다. 평생회원으로 등록했다. 지인들의 단체 카톡방마다 책 쓰기 시작을 공개하며 마음을 다잡았다. 지켜보는 눈을 의식하려는 환경 세팅이었다.

2021년 9월 입과 한 지 2년 6개월 만에 공저 7기로 한 권의 책을 출간했다. 열 명의 예비 작가들과 다섯 꼭지의 글을 썼다. 평범한 사람의 멘탈 관리법『나는 일상에 무너지지 않는다』를 출간했다. 여러 작가의 글 속에서 독자들이 멘탈을 잡아가는 힘을 찾는 데 도움 되기를 소망했다.

교사들과 저자 특강을 했다. 꾸준하게 지내 온 날을 한 보따리 풀어 놓았다. 제일 먼저 들려주고 싶어 교사들과 마주했다. 유아교육 현장에서 일상에 무너지는 경험이 누구보다 잦을 그들에게 멘탈을 유지할 수 있는 지혜를 전하고 싶었다. 물론 개인마다 해결 방법은 다르겠지만 스스로 멘탈 관리를 잘하여 흔들리지 않는 마음이길 바랐다.

책을 쓰게 된 배경과 노력, 시간 관리, 돌발 퀴즈의 커피 쿠폰은 분위기 반전용으로 충분했다. 그런데 실패였다. 전달이 80%였다. 무슨 할 말이 많은지 나는 쏟아 내기만 했다. 질문 시간을 가져야 하는데 못했다. 시간은 저녁 7시를 향하고 교사들이 퇴근해야 한다는 마음에 서둘러 끝맺음을 했다.

눈을 마주치며 풀어나간 책과 인생에 관한 이야기가 그들에겐 어떤 의미였을까? 궁금하다. 그런데도 끝내 하지 못한 말! "매주 목요일 책 읽기 30분 어때요?"이다.

그림책이든 일반 책이든 책을 통해 생각의 깊이를 가지는 교사들이 되었으면 하는데 그 말이 어렵다. 해야 할 이유가 있으면 실행하는 거다. 기회는 준비하며 기다리는 사람에게 찾아가는 법이란 한 줄 문장이 마음에 와닿는다.

『나는 일상에 무너지지 않는다』 공저 책 출간 기념회를 열었다. 학부모 '북 콘서트'와 '키즈 나이트 페스타' 행사도 하였다. 졸업생 판소리 공연과 학부모 플루트 연주, 이숙현 그림책 작가의 식전 축하 특강이 있었다. 2부 저자 특강에는 공저 7기 김위아와 백란현 작가가 서울, 창원에서 한걸음에 달려와 함께 했다. 부모님은 유치원 앞마당에서 북 콘서트를 하고 아이들은 교실과 강당에서 행사를 하였다.

낮이 아닌 밤에 부모님과 유치원에 오는 것부터 아이들은 호기심 가득하였다. 그림자 인형극 놀이와 반디의 숲 활동, 쇼 미더 레이저 놀이를 준비했다. 알뜰살뜰 챙겨준 선생님들이 고마웠다.

첫 공저 책 출간 후, 일상에서 글 쓰는 힘을 얻을 수 있는『그 문장이 내게로 왔다』, 『내가 쓰는 글이 너에게 닿기를』, 『에세이처럼 살고 싶다』, 『나는 힘들 때마다 글을 씁니다』 네 권의 공저 책을 출간했다.

글을 통해 '이해받고 싶다'는 오래된 마음을 마주했다. 어떤 날은 눈물이 먼저 글을 적신다. '괜찮아, 그럴 수 있어.'라고 말해 줄 수 있게 되었다. 매일 한 줄씩이라도 나를 위해 쓰는 글은 미처 알아차리지 못한 내 마음에 다가가는 길이었다.

자신의 마음을 먼저 지킬 때, 아이들에게도 다정다감한 온기를 전할 수 있다. 내 마음이 편안해야 아이들의 작은 변화에도 더 깊이 공감할 수 있다.

하루를 돌아보며 적어 내려간 글 한 줄이, 어제보다 더 나은 오늘을 만들어 주는 나를 이해하는 연습이다.

그리고 언젠가 이 글이 누군가의 마음에도 잔잔한 울림으로 스며들기를.

오늘도 나를 이해하는 연습으로 글을 쓴다. 내 마음을 만나는 이 시간을 기꺼이 살아 낸다.

마치는 글

교사들과 함께 아이들을 가르치며 하루하루를 지나왔다. 돌아보니 '나'라는 사람으로 어떻게 살아가고 있는지 묻지 않고 있었다. 일과 삶, 그리고 마음 사이에서 균형 찾기란 쉽지 않았다. 종일 업무와 행사 준비에 부대끼며 정작 내 마음을 들여다볼 여유가 없었다. 유치원 원장이라는 역할 속에서 나를 찾고 싶었다.

틈나는 시간마다 그림책 『프레드릭』의 들쥐처럼 햇살, 색깔, 이야기들을 조금씩 모으고 있었다.

유치원 행사에서 전한 인사말, 부모 교육 강의 원고, 일상 속 깨달음과 반성의 기록이다. 이 기록들을 블로그, 컴퓨터 폴더, 바인더 안에 차곡차곡 쌓아 두었다.

본격적으로 글을 쓰기 시작한 건 아니었지만, 언젠가는 이 이야기를 누군가와 나누고 싶었다.

"네 양식은 어떻게 되었니, 프레드릭?" 들쥐들이 묻듯, 누군가 내게 묻는다면 나도 말할 수 있었으면 좋겠다.

　삶의 여정에서 조금은 다르게 살고 싶어 했다는 것을.

　열정적으로 하고 싶은 일을 했다는 것을.

　아직 더 배우고, 하고 싶은 일들이 많이 있다는 것을.

　삶의 정답을 찾기보다 순간순간을 충실하게 살았다는 것을.

　일상의 루틴 속에서 환경을 세팅하며 살아 내야 하는 것을.

　"그냥 편하게 살면 안 될까?"라는 유혹에서 이겨 내야 함을.

　스스로 알아가는 길 위에서 아직 갈 길이 멀다는 것을.

　글쓰기는 마음을 만나는 길이었다. 글을 쓰면서 하루를 반성하고 위로했다. 바르게 잘 살아가야 한다고 삶을 자주 살피게 되었다. 처음에는 일기처럼 그날 있었던 일을 적었다. 그 후에는 단순한 기록이 아닌 내 감정과 생각을 들여다보는 글을 블로그에 올렸다. 사람과의 관계 속에서 스쳐 지나갔던 감정과 미처 이해하지 못한 마음을 다시 들여다볼 수 있었다. 한 사람으로서 나를 바라보게 되었다.

　학부모의 기대에 부응하고, 교사들에게 미처 전하지 못한 마음을 글 속에서 마주했다. 글은 마음을 돌보는 시간이었다. 그리고 인생 또한 잘 살아야 한다는 큰 깨달음을 얻었다.

　교무실과 원장실을 정리했다. 큰 책장 두 개를 드러내고 그 자리에 아이들의 2층 침대를 들였다. 이참에 지난 세월의 물건을 정리하였다.

책장을 옮기는 도중 원장 '명패'가 바닥에 떨어져 셋으로 갈라졌다. 교사들이 어쩔 줄 몰라 했다.

"미안해하지 말아요."

"아니에요. 원장님! 기념으로라도 가지고 계셔야 하는데 저희가 다시 맞춰 드릴게요."

"명패도 수명을 다한 걸 아는 게지요, 돌이 깨어졌잖아요. 다치지 않아 천만다행이에요."

2월 말, 결혼과 다른 진로를 위해 이직하는 교사 세 명이 정성을 다해 도와주었다. 그들의 도움 없이는 정리 작업이 제대로 진행되기 어려웠을 것이다. 덕분에 함께 있는 교사들도 신학기 교육계획과 신입 오리엔테이션 준비, 교실 정리에 집중할 수 있었고, 모두가 늦지 않게 퇴근할 수 있었다.

추억과 열정이 서린 자료들을 버리고 나누며 아깝다는 생각, 미련이 남는 생각의 끈을 놓았다. 꼭 필요한 것으로 채웠다. 월요일이면 새로 근무하는 교사도 출근한다. 송별회와 환영회를 함께하는 시간이다.

퇴직을 앞둔 교사 세 명이 원장실로 찾아왔다. 자그마한 상자를 내밀며,

다시 유치원에 놀러 올 때 원장님이 꼭 계셔야 한다고 했다.

내가 필요한 자리라면 언제나 함께할 수 있는 사람이기를 바란다. 예전에는 그저 괜찮은 사람이 되고 싶었다. 이제는 어디서든 누군가에게 꼭 필요한 사람이 되고 싶다.

유치원 운영은 쉬운 일이 아니었다. 아이들의 변화와 성장은 큰 보람이었다. 가장 힘들었던 순간은 교사들과의 관계에서 마음이 상할 때였다. 교사에게 상처받고, 그 교사에게 다시 위로받았다.

나의 선생님들을 사랑한다. 어디에서든 안녕하기를 기도한다.

아이들과 함께한 시간 속에는 웃음과 행복이 가득했다. 그러나 속상하고 아쉬운 순간도 많았다. 때로는 눈물을 삼켜야 했고, 너무 힘들어 주저앉고 싶었던 날도 있었다. 밖으로 향한 마음이 어떻게 해야 내 마음과 만날 수 있는지 곱씹기도 했다.

마음을 얻는다는 것은 먼저 그 마음을 알아주어야 했다.

마음을 머무르게 하기까지 지금도 마음공부는 현재 진행형이다.

나는 이렇게 유치원 원장으로 살아왔다.

집필하는 동안 여러 사람의 응원과 격려를 받았다. 특히 곁에서 힘이 되어준 가족과 동료 원장, 유아 교사들 그리고 유치원을 믿고 함께해 준 학부모와 사랑하는 아이들에게 고마운 마음을 전한다.

　　　　　　　　　　　　　　　내 마음을 만나는 시간

이 책을 읽어 주신 모든 분께도 감사의 마음을 보낸다.